相親35次，煩到離家出走逃去美國，最後卻變成僧侶回來了！

英　月　著
涂紋凰　譯

三民書局

推薦序　真正的自由

彭樹君

真實的人生往往比虛擬的戲劇更精彩，在閱讀《相親35次》的當下，我不只一次地想，如果這本書要拍成日劇，那其中必然有許多心理上的衝突與轉折需要很細膩地處理，才能將作者英月的人生如實地呈現。

出身於京都寺院之女，自己從小住的家就是日本的重要文化財，如此生長環境非一般人所能想像，而這樣家庭裡的孩子也很難有自己的人生，英月雖然不像弟弟一樣從小就沒有別的未來，只能繼承寺院，卻也不得不從十九歲起就不斷地相親，而且相親的對象都是僧侶。十年之內，她相親的次數多到自己也數不清，身心都對這樣的安排充滿抗拒，而在母親指責不結婚的女兒是家中的恥辱之後，她失去了聽力。

於是她離開地獄一般的家，逃到美國舊金山，由養尊處優的大小姐成為只求可以生存下來的異鄉人，十年之間她做過各式各樣的工作，從拍電視廣告到日文老師到餐廳女侍，甚至賣年菜，最後一直要逃離自己生長環境的她竟然入了僧籍，成為僧侶，第一場法事就是為朋友的貓咪執行喪禮，後來還舉辦了抄經會，甚至要在美國興建寺院，這樣的轉折只能說是命運的不可思議。

然而當她在異鄉一切都安定下來，並且打算在那兒終老之後，弟弟卻也決定要過他的自由人生，不顧一切地從老家逃走了。她可以繼續留在美國，但她決定回到日本繼承寺院，在一個古老且傳統的父系社會體制裡，以女住持的角色撐起意外落在她肩上的責任，那內心的起伏跌宕，絕非三言兩語可以道盡。

二十九歲離家出走，三十八歲回到京都，如今又是十年過去，她把這些生命轉折寫成這本書。雖然其中有太多可以想見的淚水，但是她卻選擇以一種幽默的方式去敘述，於是原本沉重的苦痛都成了過往的雲淡風輕。或許是在經歷了這一切不平凡的經歷之後，心境有如輕舟已過萬重山，所以才能如此豁達開朗。

曾經離家，如今回家，曾經出走，如今出家，曾經都是為了追求自由的緣故，如今則已明白，全心全意接受每一個當下，這才是真正的自由。心境的轉變會讓冷硬的冰化成水，從前像地獄一般的地方也能成為當下的淨土與此後的歸處。

選擇用什麼樣的生命視角去敘述自己的故事，就決定了自己擁有什麼樣的人生，若是用怨尤來看待過去發生的事，生命就是一片淒風苦雨，如果以愛與寬恕來回顧過往，就能在其中得到真正的自由，於是也就超越了現實的限制，改寫了自己的生命劇本。所以，過去是可以改變的，全憑自己以什麼樣的眼光去凝視。這本書令人感動，正在於作者英月溫柔地提醒了我們，每個人都可以選擇以更高的視野詮釋自己的人生，而療癒就在其中發生。

前言

我是英月，在位於京都正中央的小寺院大行寺裡擔任住持。聽到寺院，應該會有很多人想到精舍、庭院還有佛像。大行寺供奉的主神是國家指定的重要文化財——由鎌倉時代的佛像雕刻家快慶打造的阿彌陀如來像。但是，寺院並不是美術館。這些佛像只是將肉眼看不見的佛陀教誨，化為具象的形體而已。那麼教誨又是什麼呢？

我在沒有接觸過任何教誨的狀態下，或者是說沒有感受到教誨的必要性，就逃離傳授佛陀教誨的寺院。那是我二十九歲時發生的事了。不過，人生非常有趣，我在逃到美國之後，又和佛教相遇。真的是萬萬沒想到。結果究竟如何？在我進入正題前，我想先說說事情的開端。

當時，我從短大畢業，在都市銀行的總部工作。雖然已經是泡沫經濟崩壞後的時期，但銀行的薪資、員工福利都很好，每年也有好幾次長假。休假的時候，我會安排出國，吃美食、購物，把獎金和存款都花光。即使如此，下個月又會有薪水進帳。每半年還能領到一筆獎金，日子過得輕鬆快活。

這裡容我說個題外話。幾年之後，我久居美國，短暫回日本時，偶然在抽屜裡找到信用卡的消費清單。上面記錄為期四天的香港之旅，我刷卡買了一百萬日圓的東西。看到清單的瞬間，胃感到一陣強烈的刺痛感，不舒服的感覺還延續了好幾天。不僅如此，當時我在美國過著極度窮困的生活，如果有這筆錢的話，就算撐不到一年，也能游刃有餘地過上半年了。一想到這裡，我真的非常鄙視、討厭過去的自己。

當時的我完全不知道不久的將來會有這種心情，在銀行工作的自己，明明就不是什麼口袋很深的江戶之子，竟然過著今朝有酒今朝醉的生活，拚命地購物。我每個月都會從薪水裡拿一些餐費給老家，但剩下的錢都能自由使用。平常熱衷於快時尚，現在想想自己還真是瘋了。竟然穿著隨便都超過十萬日圓的卡爾·拉格斐品牌套裝或洋裝去上班。真的是有夠蠢。我強烈的虛榮心，真的是悲慘又滑稽。話雖如此，當時的衣服至今仍大量堆積在閣樓。現在已經一文不值了。我心裡仍有「不然把鈕扣拆下來用好了」這種窮酸的想法，畢竟那可是當初砸大錢買的東西啊！是說，我也在想，自己這麼寶貝以後不會穿到的衣服，到底是在執著什麼呢？

言歸正傳，話題回到我那荒唐的銀行員生活。雖然不是什麼好話，不過當時的我就是一個標準的愚蠢粉領族。豪邁撒錢的散財童子，工作表現平平，甚至只達最低標，卻很敢要求超越自身限度的權利。因為在銀行工作，所以當天沒有結算完畢就不能回家。儘管如此，還是日日在下班後到處飲酒作樂，即使我根本就不太會喝酒。

這樣的粉領族生活，不知道過了幾年。上司的一番話，我至今仍能清楚地回想起來。

「我一看到妳就火大。」

我還在對他突如其來的一句話感到震驚時，上司接著說：「妳為什麼要假裝自己做不到？」我其實嚇了一大跳。因為我刻意偷懶是事實。你還真行，眼光銳利啊！狂妄的我在心裡給上司拍拍手。上司無視我的心境，給我最後一擊：「妳明明有心就能做到，看妳刻意不好好做的樣子我就火大。」

對他這番話，我在心裡吶喊：「你是笨蛋嗎？反正都領一樣的薪水，盡全力工作不就太蠢了。」但表面上我裝作一副什麼都不知道的樣子，笑著帶過這個話題。我沒有在銀行出人頭地的野心，而且擔任一般職員只需要差不多就好的工作能力。我一直抱持這種想法，所以上司的批評並沒有影響我的心情。即使上司對我有很高的評價，薪水也不會因此大幅上漲，這就是所謂的勞多益少。既然如此，我打的如意算盤就是當個愚蠢的粉領族輕鬆工作，徹底享受公司提供的好處和福利，這樣才划算啊。當個工作能力低落的輕鬆粉領族就好。我一直對這樣的理念深信不疑。

經過二十年的歲月之後，回想那段日子，我覺得自己真的很幸運。然而，當時我根本不這麼認為，還不斷抱怨，甚至堂堂正正地宣告自己會偷懶。就結論來說，當時我只是沒有自己想做的事而已。

心裡想著這個世界上的某個地方一定有我的天職，有我能發光發熱的舞臺。試圖藉由改變環境來突破現狀，但那其實只是以天職為名，找尋避風港的行為而已。而且，就算真的找到天職，大概也永遠找不到所謂的避風港。

不過，自己處在當下的時候，真的不會意識這一點。只會非常拚命地一直找那個虛無縹緲的避風港。我也不例外。

因為喜歡旅行，所以頭腦簡單地想說去當導遊。當導遊需要證照，我就去加入導遊派遣公司。參加講習之後，也曾以實地演練之名帶團。即便銀行的從業規則中嚴禁行員兼職副業，我還是這麼做了。

我帶過幾個當天來回的巴士旅行團，但是一路上我都很怕遇到認識的人，心驚膽戰地遊走於關西地區的觀光景點。同時，心裡那種「我到底在幹嘛？」的感覺一直揮之不去。因為我心裡開始猶豫，到底要不要真的轉職。其實，比較銀行和其他工作的收入、員工福利之後，我實在找不到辭職的理由。

如果喜歡旅行的話，自己去就好了。事情明明很簡單。心中雖然明白這個道理，但是習慣逃避的思考方式，不允許自己這麼想。每當人覺得工作很辛苦、碰到瓶頸的時候，就會開始想要追求外面的避風港。我真的非常了解這種心情。

說真的，我不知道當初報考銀行的時候為什麼會合格。我這麼大一個人竟然能趁亂混進公司，真的很幸運。以我的實力，今後無論怎麼哄抬身價，也不可能找到比現在更好的公司。既然如此，死守這份幸運才是上上策，也是理所當然的事。即使只是這樣，為了貫徹輕鬆粉領族這條路，也不能讓上司器重我。一般人應該會認為，在尋找避風港之前，應該要打起精神，先在這裡站穩腳步才行！

但是我沒有。我覺得很空虛，非常、非常空虛。在一般人看來，這是一個很棒的職場。在這裡工作的我，最了解這一點。不過，事情沒那麼簡單。雖然需要符合很多條件才能在這裡工作，但也很令人滿足。話雖如此，我的心有沒有獲得滿足又是另一回事。

母親看到我這個樣子，說我「不知足」。她說得沒錯。在書寫這段文章的時候，我回想起當時的情緒，那種令人窒息的沉重、痛苦感又甦醒了。同時，我用客觀的角度回顧時，也會心想：為什麼？雖然是發生在自己身上的事，但當時的我到底為什麼會覺得空虛呢？不是因為母親的話，但我在想是不是因為當時的我不知足呢？

當時的我心中懷抱著空虛感，不，是被令人窒息的空虛感包圍。就是因為我一直在想，自己到底為什麼而活。

現在的我已經知道答案。我並不是對工作感到空虛。而是對自己的工作態度感到空虛。所以，就算換了導遊這個工作也一樣。問題不在工作，而在我自己身上。

我不像很多前輩為了找結婚對象或者賺錢而工作，所以對我來說工作沒有意義。自己到底為了什麼而工作？更進一步說，這個問題會連結到自己為什麼活著。

我只是按照世俗上的一般常識度過人生，從學校畢業後就去上班。當然，我不是吸空氣就能填飽肚子的人，所以也很重視工作能獲得的薪資。不過，在老家生活的我，在經濟面沒有什麼危機感。

雖然是我個人任性的說法，不過當時我覺得在一流企業工作，反而綁手綁腳。

如果這間公司是公認的黑心企業，我就可以拍拍屁股揚長而去。運氣好的話，親戚朋友說不定還會覺得我辛苦而安慰我。然後我就可以對公司毫無眷戀、毫不執著地爽快辭職。

但我意外地在好地方工作，所以一旦辭職大家都會覺得疑惑，一定會問我為什麼離開這麼好的公司。甚至連我自己到了關鍵時刻，心裡反而產生眷戀和執著，遲遲無法下定決心辭職。然而，我到底是為什麼這麼想要找到其他的路呢？甚至還為此違反公司的從業規則，去做導遊的工作。

我心裡明白很多事情。雖然我想找個除了這裡之外的避風港，但是撥了算盤之後，考量自己的損失，就不打算離開銀行了。儘管心裡明白這一點，但是又無法不行動。因為只有在我動起來的時候，才能忘記內心的空虛感。我不是為了達到目的而行動，而是行動本身變成我的目的。如果不這麼做，我就會被空虛感壓垮。我只是透過身體的忙碌，逃避心靈的空虛而已。

剛好在那段時間，我有很多相親的機會。然而，接二連三的相親形成壓力，因此一度失去聽力的我，就這樣逃到美國去。然後在各種相遇之中，我又再度與佛教結緣。

那在我與佛教的教誨相遇之後，變得怎麼樣了呢？

就結論來說，我已經能活出自己的人生。我憑什麼說「活出自己的人生」呢？這表示我能夠以自己樣貌生存。換句話說，我並沒有解決問題、獲得救贖，而是在懷抱問題、呈現廢柴狀態的情況下，開闢一條能夠獲得救贖的路。

這是我的故事。我想用我以前的故事，讓一些覺得自己的人生碰到瓶頸的人，能夠稍微輕鬆一點，所以才寫了這本書。為了你，也為了過去的自己而寫。

相親35次，煩到離家出走逃去美國，
最後卻變成僧侶回來了！

目次

CLEANERS
COINLAUNDRY

why
why
why
why
why
why
why
why
why
why
why
why

第一章

地獄

除了此地之外的某處

我是在二十九歲那年的春天，抵達美國的舊金山國際機場。我騙父母說：「我要去渡假，大概半年左右，最長也不會超過一年。」不過，我根本沒打算回日本。

行李只有兩個行李箱和一個小紙箱。裡面塞滿衣服等日用品、我喜歡的書和CD、收在小相簿裡的照片，還有為防萬一隨時可以賣掉變現的貴金屬。我微薄的存款都轉到外資銀行，以便能隨時從美國的ATM提款。身上帶著銀行的金融卡和信用卡，還有一點現金。順帶一提，銀行帳戶裡大約有一百萬日圓。我只有這些存款，就想在全新的世界包辦食衣住行，開始新生活。

與其說我缺乏規劃，不如說是莽撞冒失。都已經老大不小了，到底在想什麼啊？雖然是自己幹的好事，但現在想來還是令人擔心。不過，我當時什麼都沒想。

我到美國沒有什麼目的，只是想要逃出日本、逃出京都。逃出當時身處的環境就是我的目的。到底有什麼事能把我逼到這個地步？答案就是相親。

地獄般的相親生活揭開序幕

雖然談這個很突然，不過我身材算是高大。身高一百七十三公分，體重是……嗯，這個不說也無所謂吧？在美國生活將近十年，我又向上長高四公分，橫向成長十公斤。現在也穩定維持這個數值，但簡單來說就是比以前更大隻了。看我這個樣子，母親說：

「妳既不可愛又不聰明，然後還沒事長這麼高。」

家人說話最不留情了。母親說得很對，我完全無法反駁。她還接著說：

「妳唯一的長處就是年輕，趁年輕的時候趕快結婚吧。」

因為這句話，我便開始相親的生活。那大概是我十九、二十歲左右的事了。

第一次相親的地點是大阪的希爾頓飯店。相親的對象也是寺院出身的孩子。我們已經交換過像履歷的自我介紹和照片，相親這天只要雙方見面即可。我從早上就開始抗拒，一點也不想去相親。我並非不滿意相親的對象。雖然事已至此，但我果然還是不喜歡，完全無法忍受自己的人生被別人操控。順帶一提，這裡說的別人，正是與我血脈相連的父母。

不過，相親當天不能臨時放對方鴿子，父母架著我搭上阪急電車，就這樣被帶到梅田。接著，我們抵達希爾頓飯店。挑高的大廳有一整面玻璃牆，初秋的陽光透進來仍然刺眼。然而，我的心就像冬天的日本海。心情沉重，腳步就像在大雪中蹣跚前進。「我不行了。沒辦法再往前走了。不要管我，你們先走吧！」雖然我很想這樣說，但少了我就沒辦法開始相親。可是，我真的不想去啊！

因此，我對父母說：「我去洗手間。」說完之後，我搭著手扶梯，假裝走進地下樓層的洗手間，就這樣逃走了。

逃走是無所謂，反正我也只是臨時起意，既沒有地方能去，也不可能逃一輩子。首先，我冷靜下來，走進附近的咖啡店，但心裡還是很煩悶。覺得對相親的對象、對方的父母都感到很抱歉。對媒人也很不好意思。他們都沒有錯。還有，對顏面盡失的父母也覺得愧疚。雖然這麼想，但我沒有回到飯店大廳，也沒有逃到家人找不到我的遠方，只是僵硬地待在咖啡店的座位上。因為這種半吊子的逃避方式，最後不到一個小時就被父母找到並帶回飯店。

在那之後，我也和很多人相親。大家經常誤會我相親的原因，不過我相親並不是為了繼承大行寺。大行寺早就決定由小我四歲的弟弟繼承，所以父母只是單純在找我的結婚對象而已。我相親的對象之所以都是寺院從業人員，是因為我們家的親戚幾乎都經營寺院，父母覺得找同業結婚比較好。

既然第一次相親都逃走了，為什麼還要繼續呢？

那只是因為我已經有刻板印象。我父母和爺爺奶奶都是相親結婚，親戚也幾乎都是這樣，所以就像升學要考試一樣，我以為結婚前就應該要相親。我沒有特別渴望婚姻。如同從學校畢業之後，再怎麼不想上班也要去工作，工作之後就要結婚。結婚前，則是要先相親。在這些過程中，先不說自己的意願，我甚至沒有深刻思考過相親這件事。

因此，我一直覺得戀愛結婚只存在於偶像劇或小說世界。就像小孩沒有為準備考試讀書就會被父母罵一樣，父母也會要到了適婚年齡的女兒去相親。雖然我覺得很煩，但這也是沒辦法的事，所以就放棄掙扎了。

說實話，我也是別有用心。反正都要相親結婚，那看條件選對象就好了。不過，臨到相親的時候，我又反感地逃走。腦袋裡雖然可以接受，但心裡還是很反抗，我就這樣不斷拒絕，直到二十五歲。母親對我說：

「妳連年輕這個唯一的長處都沒了。早點結婚吧。」

叮——接著我仍然繼續相親，但諷刺的是那個時候已經產生「相親」＝「被迫」＝「痛苦」的方程式，這種印象深植我心，所以還沒見到人我就已經先討厭了。這和相親的對象沒有關係。也就是說，即使是難得有緣見面，我也沒有好好面對相親的對象。在沒有好好面對對方，一直拒絕婚事的狀態下，轉眼我就二十八歲了。

母親淚如雨下地說：「妳心裡是不是有恨意？」

「有個老大不小又不結婚的女兒，是我們家的恥辱。妳是想殺了父母嗎？」

轟——從那個時候開始，我的耳朵就聽不到聲音了。

在寺院附近的醫院沒辦法得知確切的病因，所以我到大醫院做了各種檢查。去醫院聽檢查結果的時候，看起來一臉好人樣的年輕醫師，好像是怕周圍的人聽到我會覺得很丟臉，所以低聲說：「我有個朋友是不錯的心理醫師，我幫妳介紹吧。」

也就是說，我的聽力完全沒有問題。無能為力的心情變成壓力，所以才以聽不見的症狀浮上表面。實際上，我聽得見醫師說的話，所以並非完全聽不見。

當時，我和父母之間的關係很差。用現在的流行語來說，他們就是毒親。真的是對孩子有害的父母。我好想要出生在別人家……這種想法，就像鬧彆扭的小學生，吵著說：「某某同學的媽媽比較好！」不過我這樣說，對小學生實在太失禮了。

是說現在想起來，母親當時是用她自己的方式，在為自己的女兒做打算。女兒長得不怎麼可愛、頭腦不聰明，還長得人高馬大，最好趁年輕結婚。這樣女兒才會幸福。而且這樣的想法非常正確，父母為孩子著想是天經地義。

另一方面，我也有我這麼做的道理。即使是親生父母，我也希望他們不要擅自決定孩子的人生。我要用自己的判斷，走自己的人生路。這是我的幸福，也是我的正道。

也就是說，我們彼此都覺得自己是對的。正理與正理互相衝突，就會引起爭執。這一點無論古今中外都一樣。因此，我決定逃離這個環境，離家出走。這樣說聽起來好像很帥，讓我有點不好意思。

其實，我離家出走遠赴美國的直接原因，就是相親。因為被迫相親，導致精神狀況受到壓迫而失去聽力也是事實。不過，這件事讓我心中不斷產生的東西，其實是「空虛感」。

我想決定自己的人生

我從小在大行寺長大。大行寺供奉的主神是阿彌陀如來立像。這尊神像出自鎌倉時代佛像雕刻家快慶之手，是國家指定的重要文化財。很厲害吧！我雖然經常這樣自誇，但實際上大行寺只是一間小寺院，父母以公務員的身分在這裡工作，勤勉經營才得以維持現狀。不過，曾經和我相親的僧侶，大都來自規模大到令人失笑的寺院。其中甚至還有人經營學校。我曾和各派僧侶相親，但是過程中遇到不少烏事。

京都的高級料亭中，庭院裡的竹筒添水之後發出喀咚的聲響。經過這樣一段如夢似幻的相親之後，我和對方單獨見面。在隨意聊天時，我說：「（結婚之後）一個月一次也好，想偶爾和朋友去吃個飯。」明明不是什麼需要特別確認的內容，對方卻低下頭陷入沉思。嗯？我說了什麼奇怪的話嗎？差不多過了五分鐘，對方在漫長的沉默之後擠出一句：「這件事請容我和家父商量一下。」

……啥？「我只不過是想跟朋友吃個飯耶！怎麼搞得好像很嚴重？是說，這種小事你自己決定就好了吧！」我拚命把這些話吞進肚子裡。不過，成為那位僧侶的妻子，最重要的工作就是面帶笑容迎接客人。讓我更傻眼的是對方還說：「因為百貨公司的外商會來我們寺院，所以我希望妳不要在外面購物。」

除此之外，我還遇到這種事——相親後過了幾天，對方的親戚來到大行寺。那位親戚對著端上茶水的我說：「我想妳應該也知道才對，以後一定要生個男孩喔。」聽到這句話，我真的、真的只能用震驚形容。

對方只希望我笑容滿面接待客人，然後生個男孩。一想到這裡，我不禁覺得空虛，不知道自己到底是為了什麼而結婚。

我還碰過這種人。相親之後，我們見了幾次面，對方邀我到他們家的寺院。進到客廳的時候，出現一位年長的女性端著裝滿蛋糕的銀色托盤。之後，我和相親對象走在走廊上的時候又見到她。她朝我們走過來，發現我們之後就停下腳步，背對著牆雙手交疊在身前，視線轉往斜下方。乍看之下像是在點頭致意，但我至今仍記得她低頭之前，看著我的眼神冰冷而且毫無笑意。

那位女性是幫傭的領班。稱作領班是因為下面還有其他傭人。實際上他們家的確有很多幫傭。我之後才聽說，對方怕我嚇到，所以除了領班以外的傭人全都躲起來了。真的是……傻眼到極點。實在太多可以吐槽的地方，反倒讓我一句話都說不出來。如果跟這個人結婚，我就會面臨一場和幫傭領班的激烈對決吧。

話雖如此，單就條件來看的話，這些相親對象都無可挑剔。說白一點，我根本就賺到了，畢竟我的相親對象都是最高等級的人。說實話，如果是聽朋友說說，我搞不好還會覺得很羨慕。不過，身為當事人就另當別論了。

我覺得非常、非常空虛。沒有好或壞。也沒有得或失。也沒有喜不喜歡相親對象的問題。重點是——我到底為什麼要結婚？

往後的人生，我究竟要為什麼而活？我大概會被罵說：「妳在開什麼玩笑？說那什麼奢侈的話？」但是，就算我能過著經濟不匱乏的生活，也不能離開寺院一步，只能按照對方要求親切微笑，然後生個男孩。我又不是寵物。是說，我當寵物的話體型未免太大，而且還不怎麼可愛。

雖然這對我來說是無法忍受的空虛，但我說的話或許只是心中的理想，要貫徹自己的理想基本上就是一種任性。更進一步說，我大概是個還沒長大的孩子吧。因為相親，我才開始思考「我該怎麼活下去？」、「我想如何度過一生？」但理想和現實畢竟不同，我覺得自己應該把理想束之高閣，乖乖聽話結婚。如果各位覺得我說了一堆好像很明事理，其實根本就是在耍任性，那我先說聲抱歉。或許當初我離家出走逃到美國，其實也只是延長耍任性的時間而已。只不過，這真的是魄力驚人的耍任性就是了。

只會「This is a pen.」就到美國去

離家出走逃到美國的原因，一言以蔽之就是「我討厭相親」，但其實還有很多細節。所謂的很多細節，有些能用語言表達，有些不能。

譬如說失去聽力這件事能用語言表達，但讓我失去聽力的「機制」就沒辦法用語言傳達。我暫且用壓力來解釋，但是壓力是肉眼看不見的東西。能看到的只有在這個「機制」的影響下，我失去聽力的狀態而已。

同理，究竟是什麼「機制」導致肉眼可見的離家出走，其實我不清楚。親子彼此抓緊自己認為的正理互相傷害，這一點的確讓我覺得很痛苦，但我同時也是在尋求「我該怎麼活下去？」這個問題的答案。

不過，我還是把一切歸咎於比這些枝微末節的原因還要更巨大的某種「機制」，然後逃離自己所處的環境，尋找一個除了這裡以外的某個地方。

那我為什麼會選擇美國呢？

如果只是要離家出走，在日本也可以吧？我想大家應該會這麼想。的確如此，不過那是因為大家不認識我的父母才會這樣說。如果我還在國內，絕對會被抓回家。這次我不能再這樣半吊子地逃走了。總之，一定要逃得遠遠的才行！除此之外，我也想在沒有人認識自己的地方重新開始生活。我的心情就像一個逃亡的人。不過，話說回來，日本國民幾乎都不認識我。雖然也不用刻意強調，但我並不是什麼知名寺院家的女兒，也不是出自什麼高門大戶。

順帶一提，我稍微查了一下。我去美國那年是二〇〇一年，該年三月日本總人口數為一億二千六百八十七萬人（總務省發佈）。當時，認識我的人包含鄰居、學校的朋友、公司同事在內，就算人數灌很多水也不到二千人吧。即使以二千人計算，也只佔全體國民0.00158%。四捨五入才有這個數字。根本趨近於零！應該是說，根本就是零！連我都想說：根本沒有人認識妳，妳就安心在國內離家出走吧。

然而，想要擺脫「京都寺院出身的女兒」這個標籤的我，沒有在國內逃亡的選項。

因此，我一心想著「不行了，我一定要逃到遠方……」然後在房間裡攤開世界地圖。話雖如此，我也只是翻開高中的地理教科書而已。

首先映入眼簾的是西班牙，還有義大利。當時我很迷西班牙籍的好萊塢演員安東尼奧·班德拉斯，所以當然力推西班牙。正當我想到那裡的食物應該很美味的時候，想起曾去義大利留學的朋友說過一句話。在義大利吃到的家庭料理堪稱世界第一。

唉呀，真是太傷腦筋了……要選帥哥？還是選美食？要去西班牙？還是去義大利？臨要做出決定時，我突然發現一件事。我連一句西班牙語、義大利語都不會。

那英語怎麼樣？老實說，我在學校時的英語成績爛透了。沒辦法考上想去的大學，也是因為我英語成績太差。簡直就是萬惡之源。

但是啊，我好歹會說：「This is a pen.」如果問我會不會用西班牙語、義大利語、中文、韓文說「這是一枝筆」，我真的不會。但是英文我還說得出來！太厲害了！我真的誤會很大。我以為能夠說出「This is a pen.」這個句構，說不定已經算是英文程度很好。因此，我把離家出走的去處縮小到英語圈。

說真的，當時的我蠢死了。

剛好我以前銀行的同事就在英國，所以想說真是太幸運了，馬上聯絡對方。我說：「我要離家出走去英國，到時候就拜託你了！」結果對方竟然冷淡地說：「千萬別來。」仔細一問之下，才知道英國的食物很難吃。而且天氣不好，人會變得很憂鬱。不對不對，我在這裡已經很憂鬱了。我心想自己都憂鬱到失聰，還被醫生建議去看身心科，去了那種地方症狀要是惡化該怎麼辦？

所以我決定找個既是英語圈又氣候溫暖的國家。除此之外，還有另一個必要條件。那就是必須大眾運輸發達。說來很丟臉，我不會開車。即使在國外拿到駕照，我也沒自信能在發生事故的時候流暢交談。畢竟，我就只會說：「This is a pen.」

我以符合三大條件（①英語圈　②氣候溫暖　③大眾運輸發達）為基礎，緊盯世界地圖。儘管世界廣闊，要符合這三大條件的國家還真是難找。夏威夷雖然符合①和②，但是③就很困難。位於美國本土的西雅圖，符合①和③，但②就有問題。而且西雅圖年降雨量達全美之冠，雖然因此產生國際級的咖啡連鎖店，造就繁盛的咖啡文化，但自殺率也是高居全美第一。在已經憂鬱的狀態下前往，無疑是飛蛾撲火。我想著得找其他地方才行。那裡怎麼樣？這裡怎麼樣？經過我一番調查之後，好不容易過濾出兩個都市。

一個是美國東岸的紐約，另一個是位於西岸加州的舊金山。

怎麼樣？東岸和西岸哪一個聽起來比較無憂無慮？

我這樣問好像也不太對，應該是要問在哪一塊土地才能輕鬆度過自己的人生呢？於是，我就這樣決定了。直到此時此刻我都還很天真。二十九歲的我，就這樣來到舊金山國際機場。雖然自己也擔心這樣真的沒問題嗎？但那時候還有朋友在舊金山，所以在找到住處之前，朋友答應讓我暫時借住幾週。不過，接下來真的沒問題嗎？

我果然太天真了！

在抵達機場的那一瞬間，我終於察覺，自己真的不會說英文。這個啊，真的不是「沒問題嗎？」這種程度的事了。真的完全不行啊。

首先，一句話都聽不懂。在日本學的片假名英語，每個音節都清楚分開，加州英語的音節卻環環相連到天邊。而且，連接的地方就像水彩畫一樣暈開，看不懂是什麼顏色相混，所以我也聽不出來是什麼單字連在一起。我很想說：「話講清楚一點！」但也只能忍耐。畢竟當事人應該覺得自己講得很清楚。而我說的話，對方完全聽不懂。雖然我心想：「就算發音不好，應該也可以靠整體氛圍了解吧？」可是對方完全沒有試圖理解的意思。

我都二十九歲了，骨骼已經完全定型。說日語和說英語使用的臉部肌肉、舌頭動態都不一樣。因為如此，有些音是我根本無法發出來的，而且這種音還很多。唉呀，這種有口難言的焦躁感啊！

那是我在到美國幾年之後的事情。我出門去買三明治。雖然三明治不是美國料理，但有機會請各位一定要在美國吃吃看。在咖啡廳或熟食店等任何地方都能隨手買到。有些是在店面陳列已經做好的，不過我推薦可以自己搭配的那種三明治。

從麵包種類到裡面的餡料、芥末醬等都可以按照自己的喜好選擇。內餡有很多種，不過最經典就是火腿、烤牛肉、雞肉和鮪魚。

言歸正傳，那天我想吃雞肉口味。但是對方聽不懂。我跟店員說了好幾次「Chicken」但是都沒有用。問題出在「ch」的發音。所以我換了一種說法：「不是火腿，也不是牛肉和魚的那一種。」

這是猜謎遊戲嗎？還是問答遊戲？

總之我都已經給提示給到這個地步，對方還是聽不懂。雖然我也覺得是不是被整了，但對方真的聽不懂。如果說日本人的個性是「聞一知百」，那大多數的美國人應該是「聞百知一」。這樣說可能太誇張，但只要沒辦法清楚說出「Chicken」

對方就會聽不懂。雖然也可以改吃發音比較簡單的火腿，但是到了這個地步，我無論如何都要爭一口氣。我使出最後一招，說完「就是鳥類的一種」之後，開始在店前模仿雞的樣子。

最後沒想到是用模仿來解決，而且還是模仿咕咕雞！

我用肢體語言終於成功傳達意思，但在美國生活了好幾年都一直是這個德行。剛到美國的時候，我英文到底有多差？真的一講到這件事就淚流滿面。我身上總是帶著電子辭典，在巴士裡看廣告查單字，在超市拿著商品查單字，這些都是理所當然的日常。我還去讀語言學校，就從「This is a pen.」開始重新學習。

在美國學會「活在當下」

我為了尋找一個除了日本之外的某個棲身之地，離家出走到美國。逃離日本，逃離京都，逃離「寺院家的女兒」等環境背景之後，究竟怎麼樣了呢？

真的有讓我從問題、痛苦之中解脫嗎？

我的確擺脫了眼前的「相親問題」。然而，其他問題接踵而至。我本來就不會說英文，也沒有能繼續生活的充足財源。從睜開眼睛到睡覺為止，到處都是問題。

聽我這樣說，可能有人會覺得：那是因為英月小姐是京都人才會這樣啦……

我在銀行工作的時候曾經發生過一件事。恕我直言，當時有一位很難相處的前輩。我們公司每個月月初都會發表人事異動，所以我一直祈禱那位前輩趕快調去別的單位。某次，終於等到那位前輩的人事異動。我真的好開心喔！在心裡大喊三次萬歲。從明天開始，我粉領族的生活就會一帆風順了。然而，有人調走就會有人調過來，這就是世俗的常理。取代前輩的那位更糟。相比之下，之前的前輩好多了。我非常悔恨當初祈禱前輩調走。前輩回來啊……

也就是說，即使解決眼前的問題，還是會有其他問題出現。

我們都會覺得只要那個人消失、只要那個問題解決就萬事大吉，然而，事實上我們是被「只要那個人消失、只要那個問題解決」的想法束縛，因此而感到痛苦，所以才會想要掙脫。以我的例子來說，就是被掙脫「除了這裡以外的某處」這種想法的束縛。我一直覺得自己不應該活在這裡，這就表示我沒有「活在當下」。

可是啊，因為我在不會英語、錢也不夠的狀態下到了美國，所以無論我願不願意，都只能「活在當下」。

這是什麼意思呢？

在日本的時候，說來或許很奢侈，我覺得穩定的將來是一種空虛。在銀行工作的時候，我可以預料到一、二年後的工作狀況。即使換了部門，我大概也會繼續做類似的工作，連私生活也一樣。因此，我當時的口頭禪就是：「有沒有什麼好玩的？」

因為生活中的食衣住行都很穩定，所以能安心地四處窺探。還有沒有其他好玩的？還有沒有更有趣、更好的地方？我一直在找一個不在此地的某處。

然而，開始在美國生活之後，我就沒辦法說這種悠悠哉哉的話了。首先是食衣住行。我必須用銀行帳戶裡少少的一百萬日圓，打下在異國生活的基礎，然後活下去才行。各位可能覺得日幣一百萬是很大一筆錢。不過，房租、餐費等生活費再加上語言學校的學費，不要太奢侈省著用的話，一個月也要花一千五百元美金（以二○○一年三月的平均匯率二十一・一七日圓計算，大約是十八萬一千七百五十五日圓）。不用算也知道，不到半年就坐吃山空了。

因此，我只能思考當下的事情。思考該怎麼活過「當下」！

總之要有錢！

我在美國的第一份工作就是拍電視廣告。我偶然在日本城的日系超市公布欄看到招募海報。在「招募電視廣告演員」的大標題下，有一排小字寫著「備有酬勞」。我像是被吸過去一樣，靠近那張黃色海報紙。徵人條件裡面用粗體字寫著

「需要演出經驗」。

其實我小學的時候參加過戲劇社。不過，總不能把這個寫上去吧。但是，我怎麼能因為這樣放棄！

我硬挖出學生時期曾在地方電視臺擔任氣象小主播、小記者的古老記憶，這些經歷不算近也不算太久遠，總之先應徵再說。畢竟，這是有酬勞的工作啊。如果順利的話，至少有外景的便當可以吃。接著我去參加試鏡。我覺得我之所以能從所有應徵者中脫穎而出，一定是贏在為了生計的氣魄。只是如此而已。

後來在全美播映的廣告商品，就是龜甲萬的香橙醋。順帶一提，香橙醋的日文發音「Ponzu」已經變成英文單字了。我自己說有點老王賣瓜，不過那支廣告大獲好評。廣告的影響力強大，見到我的人都稱呼我為「Ponzu Girl！」託這支廣告的福，看過廣告的人開始給我其他工作。當然，我也拿到當初想要的酬勞和外景便當，稍微得以喘息。

可是啊，人生才沒那麼簡單。拍香橙醋廣告時，舉辦試鏡的單位是日系的廣告代理商。攝影現場的工作人員也幾乎都是日本人。不過，因為這支廣告找上門的業主，都不是日系公司。

沒錯，要講英文。到處都聳立著英文的銅牆鐵壁！

我啊，只能抽著嘴角笑了。我根本聽不懂啊。「因為要拍公司發行的宣傳手冊，所以希望妳穿套裝過來。攝影地點在日本城。」截至目前為止的事前聯絡都還能勉強理解，但問題是拍攝現場。是這種感覺嗎？我擺了一個姿勢。對方給我詳細的指示，但我完全聽不懂！那個……您剛才說什麼？我雖然有反問，但是攝影師和其他工作人員都不在聽得到我說話的距離內。即使對方再說一次，我也不見得聽得懂。既然如此，我只能靠自己了。他們一定是想要我往那裡看，然後這隻手這樣動吧？我試著做一些動作。總之，先用各種不同方法動動看。

怎麼樣！亂槍打鳥總會有一個中吧！

其實，英文的銅牆鐵壁還不只這樣。在美國從事模特兒的工作，一定要簽約。咦，怎麼這麼多張紙？要簽的文件多到令人吃驚。擠滿細小文字的紙有好幾張。每個工作不一樣，有時候會拿到厚厚一疊文件。內容大概是拍攝的肖像權不屬於模特兒，而是屬於委託的業主。

順帶一提，加州律師很多，多到隨便丟一顆石頭都會砸到律師的程度。只要是稍有名氣的小模或演員，都會由律師處理這種手續。以我的情況來說，如果貿然做這種事，就會因為律師費而在美國喝一整年的粥，所以當然得自己來。沒錯，要閱讀大量的英文！

話雖如此，我也沒在讀。不是我不讀，而是看不懂。剛開始，我還想說要好好確認每句話在寫什麼，所以單手拿著電子辭典讀了起來。不過，這樣讀下去天都亮了。應該是說，大概要不眠不休三天才讀得完。

我乾脆放棄。我不是要提倡人性本善，但是騙我到底有什麼好處？我告訴自己，那雙眼睛是不會騙人的，然後就簽名了。現在想起來，我這麼做很危險，但幸好當時沒有出什麼問題。

在美國年輕無法成為武器

離家出走逃到美國，因為困於生計，所以參加了偶然發現的試鏡。通過之後就參與電視廣告的拍攝。以此為契機，我便繼續模特兒的工作。結果周遭的人開始對我有所誤會。大家都會告訴我試鏡的資訊。「報紙上有這種招募的資訊喔！」、「我在經紀公司工作的朋友正在找這種人才喔！」我覺得很疑惑。不對不對，我沒有把模特兒當成目標啊！那我的目標究竟是什麼呢？

我沒有什麼目標，只是為了逃離自己所處的環境而已。達到逃離的目的之後，活下去又變成下一個目的。

如果用比喻的方式來說，我就像是在人生這片大海中溺水一樣。不知道往哪裡游才會靠岸，只是有勇無謀地靠一己之力拚命游、拚命打水。碰巧經過的那艘小船，就是龜甲萬的香橙醋廣告。因為幸運搭上小船，所以有了一個暫定的方向。周遭的人也以為我已經搭上那艘小船，應該就會一直朝那個方向走了吧。搭上小船的我也覺得，與其在大海裡拚命打水，不如在能搭船的時候盡情搭船。要是出現一波大浪，小船肯定不堪一擊，我不知道什麼時候又會被拋回海裡。當時的狀態就是這樣。

在那個狀態下，有一場令我難以忘懷的試鏡。事情的開頭是接到朋友的一通電話。

「我剛才在報紙上看到的，他們有在徵主持人耶！妳看到了嗎？咦，妳不知道喔？妳趕快去看！」

迫於朋友驚人的氣勢，我去看了報紙，的確有在徵人。不過，截止日期是明天。雖然可以郵寄履歷和照片，但要寄到紐約。寄到紐約也要花不少時間吧？怎麼想都覺得不可能來得及。雖然心裡這麼想，但我還是先把資料寄出去了。

結果，過了幾天，我的手機就響了。對方說：「我們收到妳的履歷了。雖然已經過了截止時間，但還是想見妳一面，所以希望妳能參加試鏡。不過，試鏡日期是明天。妳有辦法從舊金山到紐約來嗎？」

這不是能去或不能去的問題！我用爬的也得去！我告訴對方會參加試鏡，就把電話掛斷了。當時已經過中午，舊金山和紐約的時差是三小時。考量時差的問題，我得盡快搭上飛機才行。我急著搜尋機票的時候嚇了一跳。

好、好貴……價格根本就等同國際線的機票，這讓我目瞪口呆。原本充滿幹勁，想說用爬的也要去試鏡，但巧婦難為無米之炊啊！我真的是買不起這張機票。

沒辦法，我只好關掉查機票的電腦。

當時我人在舊金山市政廳附近。至今仍記得，我走在市政廳前的廣場，因為不甘心而流下眼淚。好不容易通過書面審查，卻沒錢買機票……

人一旦沒錢，連挑戰的機會都沒有了！連潛力都會被剝奪！

我突然發現——剛出生的時候，我根本毫無潛力可言，之所以能做這麼多事，都是因為父母工作賺錢支持我。姑且不論有沒有偷懶，但有工作才有薪水。

就在這個時候，我的手機響了。

「我找到便宜的機票了！」

慶幸的是，朋友幫我找到便宜的機票。後來我搭乘的就是會因為睡眠不足而眼眶泛紅、俗稱「紅眼航班」的深夜班機。天快亮的時候，我抵達甘迺迪國際機場。

然而，抵達機場之後，我聽到航空公司的員工閒聊：

「我想說今天怎麼這麼冷，結果今天是今年最冷的寒流耶。」

咦？這下我就頭大了啊。

我穿著在舊金山街頭走動的服飾，就來到紐約了。我一心只想著搭飛機，所以沒有想到天氣的問題。我離開機場搭上地鐵，出地鐵站再走上街頭。真不愧是今年最冷的寒流。冷到我覺得有生命危險。走了五分鐘之後，手上出現像是凍傷的紫色腫塊，牙齒不斷打顫，我以為牙都要碎了。

就連擦身而過的路人都說：「妳沒事吧？先去轉角那間店取暖！」謝謝你們關心我，但是我一定要去試鏡會場。我想著絕對不能遲到，埋頭在積雪的路上前進。

好不容易抵達會場，那裡聚集了一百位左右通過書面審查的人。其中有些人我曾經在電視上見過。而且令人吃驚的是，無論男女都不是只有「年輕人」。

如果是日本的話會怎麼樣呢？

主持人試鏡通常都是「年輕人」在參加，應該是說大多以「年輕女性」為對象招募演員。

當時我已經快要三十歲了。在不同的價值觀中獲得機會，這一點我打從心底感激。接著我們開始試鏡。不知道是不是因為太冷，我的腦細胞非常冷靜，也因此被選入最後晉級的十人之中。喔耶！

下一週，為避免重蹈覆轍，我穿戴好完整的防寒裝備，再度來到紐約。出發！要去最終試鏡了！

順帶一提，這次我搭頭等艙。機場報到櫃檯的職員剛好記得我上週也飛紐約。

對方問我：「妳上週是不是也飛紐約啊？」所以我把要去紐約試鏡的事情告訴他，結果他免費幫我換了位置，還說：「試鏡加油喔！」真是太幸運了！

最後選角的地點在能俯瞰曼哈頓的電視臺。距離我衣錦還鄉還差一步。但是，我在這裡不幸敗下陣來。衣錦還鄉仍是一場夢，和紐約的雪一起消失無蹤。這場試鏡就是高手過招。

留到最後一輪的人之中，有的是在電視上看過的主持人，也有百老匯的女演員，幾乎都是這個行業的專家。等待試鏡時，我們在休息室閒聊，結果大家告訴我：「妳應該搬來紐約啦！表演的重鎮果然還是在東（岸）啊！」我嚇了一跳。畢竟我沒有想要成為職業表演者，也沒有要以這一行為目標。我只是剛好搭上這艘船，然後隨波逐流來到這裡。我把這句話吞進肚子裡，但突然想到一件事。其實，沒有目標也沒關係啊。儘管已經快三十歲，還是個素人，但還是能當女演員。

在日本經歷多次相親，雖然結婚能保證我的未來安穩，但是對方只希望我笑著迎接客人、生個男孩，一想到這裡就覺得好空虛。雖然成功逃走了，但現在完全看不見未來。我就像在海中溺水的人，不知道到底該何去何從？

然而，看不見未來，就表示能自由前進。也就是說，換句話解釋，我已經掙脫「必須變成這樣」、「必須這樣做」等固定的方向了。

沒錯，我想朝哪裡前進都可以。即使非常荒唐，我仍可以把成為女演員當成目標。

而且，我也得到銘刻於心的慘烈經驗。我再也不要因為沒有錢而失去機會了。身上沒錢的話，連挑戰的機會都沒有。金錢就是活下去的工具，而工具越多越好。

我開始拚命工作。為了存到名為金錢的工具。

教訓

一般人認為所謂的地獄就是「由閻羅王根據生前行為，判處罪人要去的地方」。然而，地獄並不是死後才去的悠閒之地，也不是真實存在的地方。而是指活著的當下，必須經歷的苦難狀態。更進一步說，創造地獄的就是我自己。

第二章

貪嗔

拚命活下去

激發「堅強」的潛能！

為了在語言不通的海外活下去，需要名為金錢的工具。有錢的話，就能為生活打好基礎並獲得知識和教養，也能應付突如其來的機會。

各位可能會覺得，這種理所當然的事應該要在出國前就發現啊！不過，單憑一股氣勢就衝到美國的我，沒有想這麼多。唉呀，我真的很蠢。不過，也是因為我很蠢，而且又沒錢，才激發出我自己都不知道的潛能。各位可能會想說：「少在那裡老王賣瓜！」但我真的是自己都嚇了一跳。話說，我到底是激發了什麼潛能？

那就是我的「堅強」。

真的是嚇死我了。原來我是一個這麼堅強的人啊？咦？我不是從小就是大小姐嗎？雖然這是自稱就是了。

不過，當我告訴父母：「我要去渡假半年左右。應該不到半年，最長也不會超過一年。」我父母應該認為：反正她的錢也不夠用。從小就沒吃過苦、嬌生慣養長大的女兒，只要錢花光了，不對，錢還沒花光就會叫苦連天地回家了。正因為他們有這種預測，所以才會心不甘情不願地答應讓我去美國。

話雖如此，其實我並沒有正式獲得父母首肯，而是在家中彼此無視對方的冷戰狀態下，擅自離家出走的。完全就是發揮任性女兒的真本事。因此，抵達美國之後，我打電話回寺院還被掛斷。既然如此，這就不是渡假，而是父母都公認的離家出走了。在這樣的狀況下，自稱大小姐的我真的沒問題嗎？我曾經這樣想，但自己意外堅強這件事，我自己都嚇了一跳。

這種堅強不只內心，就連外在也能呈現出來了。我以前皮膚很脆弱，毛衣如果不是百分之百喀什米爾或者安哥拉羊毛就不能穿。後來怎麼樣了呢？

管它是羊毛纖維還是壓克力纖維，我穿上既不癢也不痛，皮膚也不會因此過敏。看到肌膚如此順應環境，我覺得恍如看到人體的不可思議。既然連皮膚都有這麼劇烈的變化，內心的堅強更是不言而喻。

因為極度貧窮而生出的蠻力

說來慚愧，我以前曾經稱讚過美食，也抱怨過難吃，但從來不曾對入口的食物表達感謝。到美國之後，我才第一次了解到，吃一口麵包有多麼令人感激。

能吃到麵包，就表示買得起麵包。買得起麵包，就表示手上有錢。手上有錢，就表示我有工作。

我為什麼會有工作呢？如果這份工作需要學歷，那就是托我父母的福，讓我在日本上學。如果這份工作是某個人介紹的，就要感謝介紹人，願意相信從東洋小島國來到這裡，英文也說不好的我。

我第一次發現，一口麵包背後有這麼多牽連。所以，無論什麼工作，我都全力以赴，拚老命地工作。銀行時期的上司如果看到我這個樣子，一定會很驚訝。

我之所以這麼拚命工作，一方面是為了報答介紹我工作和僱用我的人，另一方面也是為了不被炒魷魚。如果沒了工作，我要怎麼活下去？房租怎麼辦？在存到金錢這項工具之前，我就會流落街頭。

我在美國做過各式各樣的工作。以電視廣告為契機，我接過廣播廣告、海報等宣傳品的模特兒工作，演過電影也當過各種活動的司儀。工作過最久的地方就是日系電視臺。友人介紹我過去，試鏡通過後便被錄取了。最初是讀新聞等原稿，後來也開始負責歌唱節目和脫口秀。幾年之後，社長和管理階層希望我接下社長的職位，讓我嚇了一大跳！

難得的邀請讓我一時有所動搖，但考量一番之後我還是拒絕了。除此之外，如果說到能用到日文的工作，我還當過日文老師。因為我沒有證照，所以說日文老師也不太好意思。不過，因為朋友幫我做了很精美的傳單，當時滿受歡迎的。我還在日本觀光客會來的伴手禮店幫忙賣過東西。和日文無關的工作則有飯店櫃檯、餐廳和咖啡廳打工，也曾在我上課的語言學校做行政接待工作。還有一個很好玩的工作，就是賣年菜。

是說，我為什麼會想到要做年菜呢？

簡單來說就是我正在找工作——剛好碰到年底——看到年菜的廣告，我想我自己做的會更好，所以就開始做了。

我真的是一直在重蹈覆轍。就像當初我以為會說「This is a pen.」就等於會說英文一樣，我又犯了一樣的錯。賣年菜和在家裡做年菜根本就是兩碼子事！不過，我怎麼會覺得自己能做年菜？這一點還真是不可思議。

那是我到美國已經過了九個月，將近歲末年終的十二月。存款已經快要見底的我，前往日本城裡的日系超市。不過，我不是要去買東西。超市有個公佈欄，那裡可以獲得許多資訊。

正當我在看公佈欄上有什麼好資訊的時候，年菜廣告突然映入眼簾。明明是年菜，燉蔬菜竟然切得亂七八糟。

這怎麼可以！紅蘿蔔要切成梅花狀，竹筍要切成六角龜殼狀才行啊！

因此，我糊塗地擅自妄想：

「我來做一定做得更好！」

這種自以為是的力量非常恐怖，我還真的做了年菜。

我很快就在超市查好食材的價格，然後以此為基準想出一份菜單試作。舉辦試吃會後，決定好菜單。雖然身為門外漢，我還是敲打計算機算出成本。然後訂好價格，拜託會畫畫的朋友製作海報。我不只到處張貼海報，還在網路上的佈告欄宣傳。訂單採用購買「年菜券」的方式，只要客人下訂，我就可以拿到錢。然後用這些錢去採買、料理、裝盤、宅配。和做海報一樣，宅配也是請有車的朋友幫忙，但是除此之外都是我一人包辦。我氣勢驚人地接了二十六張訂單。沒錯，我要自己做出二十六組年菜。

現在回想起來我真的很想花一個小時好好逼問過去的自己，為什麼認為自己有辦法做出來？因為當時真的太辛苦了。

首先，光找裝年菜的容器就是一大難題。接著，採買也碰到問題。沒有車根本無法採買大量食材。但是，我一言既出駟馬難追，一定要做到。為了找到更便宜的食材，我用搭巴士和徒步的方式逛遍舊金山的超市和市場。

好不容易採買完畢，太陽早已西下，周圍一片黑暗。等著不知道什麼時候才會來的巴士，天空也開始下起雨。在杳無人煙的巴士站，我不禁問自己：「我到底想在這種地方追求什麼？到底在做什麼啊……」但是我沒有答案。好不容易搭上終於到站的巴士，沒想到卻搭反了。

剛才忘記說，我是天下無敵的大路癡。最後只好在夜裡空無一人的金門大橋下車。揹著裝滿食材的背包，再交叉綁上快要滿出來的提包，雙手提著超市的沉重塑膠袋，我就這樣站在浮現於暗夜之中的紅色大橋前。不知道是不是受到海流的影響，崖下吹起極度寒冷的風。總之那種淒涼感真不是蓋的。都因為採買而疲憊不堪了，偏偏還搭錯巴士。我覺得自己很慘又有點好笑。一想到這裡，明明在這種狀況之下，不知道為什麼我還是笑出來了。即使被雨淋濕，沒辦法撥開黏在臉上的頭髮，我還是迎著暴風大笑。大笑過後，心情就比較冷靜了。

好不容易回到家，沒時間休息就得開始做料理前的準備。那天已經十二月二十九日，雖然年菜是可以存放的食物，但也不能放太久。所以我打算在十二月三十日和三十一日這兩天料理，靠這兩天決勝負。沒錯，沒時間了。至少要在二十九日完成蔬菜的切花裝飾，所以我開始把紅蘿蔔切成梅花狀、竹筍切成六角龜殼狀。話雖如此，光是梅花，隨隨便便也要一百朵。因為我不想用餅乾模這種奇怪的堅持，導致一切都要靠手工。

天哪，拿菜刀的手真的很累。指尖都變成橘紅色，右手中指的第一、第二關節碰到刀背，皮膚都被磨破流血了。不能用流血的手做菜，只好趕快處理傷口，一下忙這一下忙那，整個人焦頭爛額。當我切好六十隻竹筍龜，準備要來汆燙蔬菜的時候才發現。我根本沒有鍋子。

……拜託，這種事不能早點發現嗎？我強忍對自己說教的衝動，拿起手機從頭開始看電話簿，就算沒有餐廳用的大口鍋，也想問問看有沒有人能拿幾個比較大的鍋子來。真的很對不起大家！

可是我現在連道歉、猶豫的時間都沒有了。儘管已經是深夜，我還是厚顏無恥地打了電話，終於借到鍋子。由小見大這個成語就是在說我。

我無視成本，大手筆買下高檔蝦子，卻把蝦子放到壞掉，這算是大問題。每道菜都有大大小小的問題。真的，問題好多。開始料理的第二天，也就是我熬夜第二天的除夕夜晚上，我因為太疲勞，做蛋捲做到睡著了。

我想起小時候爺爺告訴我木口小平的故事。即使在甲午戰爭中被敵軍襲擊，他仍然沒有放棄自己的任務，含著喇叭死去。

「木口先生嘴裡含著喇叭，而我則是在舊金山握著平底鍋死去。」「真是的，到底是誰啦！是誰說自己會做年菜！」就算我這樣抱怨，當初說可以做年菜的還是我自己。而且，我也確實收到錢了。就算做到昏倒，也只能完成！

當時的我，三十歲。人生當中唯一拚了命去做的東西，只有年菜。那是足以讓我心中浮現這種想法的大工程。雖然是老王賣瓜，但是年菜大獲好評。

以此為契機，我受邀成為當地公立小學的講師，為家長和學生舉辦特別講座。講座內容就是日本文化中的正月以及代表正月的年菜。隔年我也沒有學乖，又開始賣年菜。再隔一年，洛杉磯的某業者來邀我把年菜賣到全美。雖然後來這件事情沒有談成，但當時如果談成了，我現在說不定在美國賣便當呢！

弱肉強食是理所當然

因為需要名為金錢的工具，所以我每天都拚命工作。平日的早上九點到傍晚四點，在語言學校櫃檯打工。學校的工作結束後或者週末則有主持廣播和飯店櫃檯的工作。有接餐廳工作的那天，我會回家裡小睡片刻再沖個澡，從晚上八點開始上班，有時候會工作到超過凌晨二點。

即使能在餐廳工作，英文還是有問題的我，為了讓老闆們馬上看出我的價值，我決定要用數字說話。我自己給自己訂了業績目標。餐廳的系統可以清楚看到每個服務生的銷售額，所以我要求自己每天要達到一千美金的目標。

為了做到這一點，就必須徹底了解商品。我明明不是考生，但我做了單字本，正面寫著商品名稱，背面則是商品的說明。我不太會倒酒，所以大量買了二塊美金左右的便宜紅酒，在家裡練習拔軟木塞和倒酒的動作。

我明明就不會喝酒，真是太浪費了。但現在可不是說這些話的時候。要是被老闆炒魷魚，就是賠了夫人又折兵。即使老闆沒有炒了我，每天也會有好幾個正在找工作的漂亮女生來問：「你們有沒有徵服務生？」我並非無可取代，還有更好的人選排著隊伺機而動呢。真的危機重重！

我打工的餐廳因為媒體採訪而爆紅。因為這樣客人變多，客單價也很高。對我們這些靠小費當作收入的服務生來說，是很好賺錢的一間店。為了生活，我一定要死守這份工作。不過，這裡也有點菜點錯就要自己負責賠償之類的嚴格規定，絕對不是輕鬆的工作。這些規定是合法還是違法，根本就無所謂。老闆說的話，就是金科玉律。

某週末餐館正忙的時候，同事邊哭邊吃著羊排。因為她來自德州，所以我們都叫她德州小姐，我問她：「德州小姐，妳怎麼了？」她回答：「我點錯菜了……這個很好吃……」

她沒有在這裡工作太久。聽起來可能是我在自誇，不對，我就是要自誇，我從來沒有點錯菜。畢竟，這和我的生計有關。我可是拚了命地在工作。

最讓人緊張的環節就是點餐酒了。酒單裡面有法國產、義大利產，也有加州產的酒，但是品牌名稱大多都是法語或義大利語。這要怎麼正確發音啊？

沒錯。我沒辦法用服務生的基本功「覆誦」來跟客人確認品牌。即便我覆誦了，連英文的「chicken」都念不好，大概也無法正確發音紅酒品牌的名稱。那要怎麼辦才好？這就要靠氣魄了。靠氣魄磨練眼力和耳力。判斷客人點餐時落向酒單的視線以及說出品牌的第一個音節。以此為線索，鎖定目標。對方要點的酒，一定就是這一支。我會靜靜微笑，迅速離開桌邊。因為如果拖拖拉拉，就可能非得覆誦一次不可。

我真的很拚命。埋頭一直衝。即便老闆沒有交代，我也會主動推銷，就這樣拚命工作，一回神老闆已經幫我印了加上管理職銜的名片給我了。把點錯菜的德州小姐甩在身後，我覺得自己很優秀也很驕傲。

那都是一些小聰明。我真的覺得自己很丟臉。

但是，當時的我並沒有發現自己很丟臉。因為我有我這麼做的道理。既沒辦法像母語者那樣說英文，在美國也沒有家人可依靠，口袋也空空，我就是個弱者！

各位可能會覺得：這麼堅強的人，到底哪裡弱了？但我是社會上的弱者這件事，的確是事實。因此，堅強的我把弱者這面招牌當成正義的寶劍揮舞。雖然很悲慘，但是當時我並沒有發現。不只沒發現，我還把一切視為理所當然。因為我是弱者，所以比別人加倍努力，這樣有什麼不對？

的確沒什麼不對。弱者為了活下去，拚命努力變強，這是一件好事。我初到美國的時候，「弱肉強食」就是我的座右銘。強者、贏過他人的人就會幸福，而弱者是永遠不會幸福的。因此，無論用什麼方法，即使要利用自己的弱者身分，也要贏過他人。我一直對這一點深信不疑。然而，儘管並非出自我的本意，最後打贏別人反而變成我的目的了。不僅如此，我一直認為自己才是對的，所以緊握正義寶劍到處揮舞。那真的很悲慘。而且非常空虛。

然而，在我拚命、埋頭苦幹想活下去的時候，都沒有發現這一點。我為了成為能夠贏過他人的存在，拚盡全力。甚至還為自己訂下業績目標。甚至從早工作到深夜。甚至連續熬夜兩天，一個人做了二十六組年菜。只要有心就能做到。我就是這樣的人。

「為則成，不為則不成，事在人為啊！」

沒想到又開始相親

為了存錢而一毛不拔的我，這次開始用新招。首先，我決定去讀大學。為了找工作在美國國內移動的時候，我已經不像以前那樣貧困，可以毫不猶豫地買機票了。不僅如此，還能享受外食、購物、旅行的樂趣。當下的生活穩定之後，我開始思考未來。

我壓根不想回日本。那接下來要怎麼辦呢？在一個離祖國如此遙遠的異國，真的能獨自生活下去嗎？會不會有個伴侶比較好呢？此時，我做了出乎意料的事。萬萬沒想到，我竟然在美國登錄了婚友社！

刻板印象真是太可怕了，連我自己都很訝異。「結婚」＝「相親」的刻板印象一直跟著我到美國。

各位可能覺得美國竟然也有婚友社，但其實這個產業還滿多樣化的。除了介紹特定國籍女性和美籍男性認識，也可以介紹同為美籍的男女。我登錄的日系婚友社專門介紹日本女性和長居美國的男性認識，以登錄費用高昂、男性入會基準嚴苛聞名。最貴的方案費用超過一百萬日圓，即使我存到以金錢為名的工具，也不想花這麼一大筆錢，所以我選擇介紹人數和內容皆有限制的最廉價方案。費用大概是十萬日圓左右。雖然不便宜，但是和百萬日圓比起來，還算能輕鬆入會。我心想「自己為了將來，已經開始採取行動了呢」。這一方面是為了說服自己，另一方面我也抱著期待，或許真的能遇見不錯的對象。

各位一定很好奇美國的相親方式。這裡採用媒合的方法。入會的時候，要繳交履歷、身分證明、收入證明等資料。不僅如此，婚友社也會仔細詢問本人的條件以及要求對方的條件。以這些資料為基礎，再由諮詢師決定相親的對象。接下來就是相親了。隔天，諮詢師會來跟我聯絡，問我詳細的約會內容以及對男方的印象。如果回答接下來還想再見面，諮詢師就會把女方的聯絡方式給男方，開始個人約會的階段。即使已經開始約會，直到認真考慮和對方結婚之前，婚友社都可以繼續介紹其他對象。以日本的觀念來說，或許會覺得這樣很不誠實，但在美國這麼做很普遍。在彼此許下承諾之前，就算和其他人約會，也不會有人在背後指指點點。

入會的時候，婚友社仔細詢問過我希望對方具備什麼條件，但我沒有什麼特別的要求。諮詢師問我有沒有偏好什麼人種，我回答：「有緣的話，什麼人都可以。」問到收入的時候，我也回答：「沒有什麼特別的要求。」結果，諮詢師反而說：「這樣我很困擾，妳必須告訴我某個程度的條件才行。」我半開玩笑地說：「收入當然是越多越好啦。」所以諮詢師都介紹一些不是在開玩笑的超級富翁。人種也是從白人到中國裔、印度裔、日本裔的對象都有，其中也有日本人。因為我說年齡不拘，所以小我幾歲到大我一輪的人都介紹過。一想到有這麼多男人想認識日本女性，而且還付了絕對不便宜的入會費，我就覺得有點驚訝。

沒錯。我明明就是申請有人數限制的最低價方案，但婚友社還是介紹了很多人給我。雖然很划算，但諷刺的是，我竟然因此陷入笑不出來的窘境。

相親的悲劇

最初襲來的第一場悲劇是這樣的。

我前往相親的地點，和初次見面的對象打過招呼後，聊了一下天。對方露骨地盯著我半天才說：「妳不是會員吧？」

「咦咦咦？我是會員啊！我有付錢耶！雖然沒有付很多錢，但還是有付錢耶！」我很想這樣說，但這樣太不優雅了，所以只好把這些話往肚裡吞。我溫和地笑著說：「我是會員啊！」

過了十年，我現在才發現。因為我回答問題的方式，實在太不像會員了。我回答問題太流暢了，因此被當成詐騙集團也是沒辦法的事。這真的很無奈。我在日本都相親幾次了？少說三十次吧。我回日本之後，接受週刊採訪，正式公佈的次數是三十五次，但說不定早就超過了。畢竟我根本沒在數啊！

既然有這樣的經歷，我在相親界，已經算是半個專家。對方覺得我看起來不像會員，那也沒辦法。再加上，在日本與僧侶們相親，行為舉止必須得體，所以我應該讓對方留下很不錯的印象……沒想到，婚友社的老闆還因此特地招待我！這是怎麼回事？

完美演繹職場女性的美麗老闆，在有門僮的高級百貨公司頂樓餐廳招待我吃早午餐。從大片玻璃窗可以俯瞰聯合廣場。我正為該店的招牌料理「草莓奶油佐現烤布里歐麵包」滿心喜悅的時候，老闆竟然向我道謝。

「男會員們都給敝公司很高的評價，我們真的很高興，接下來也請您多多指教。」

沉醉在草莓奶油之中的我，沒有想太多，天真地回答：「我才要請妳們多多指教。」

第二個悲劇就是從那天之後，婚友社介紹給我的人數暴增。我選擇十萬日圓左右的最便宜方案，結果受到等同百萬日圓，甚至超越百萬日圓的服務。聽說住在日本的女性會員如果想要婚友社介紹頂級富翁的話，每介紹一位需要花費百萬日圓。婚友社一直把那樣的對象介紹給我，真是太划算了，簡直划算到極點。這不是悲劇，而是幸運。順利的話，灰姑娘的故事就可以成真了！

我就這樣按照婚友社的介紹，一直去相親，就像工作一樣。

剛好在那段時間，我和一位像姊姊一樣的朋友在一起時，接到婚友社的電話。確認見面的日期、時間、地點之後，我掛斷電話，那位朋友露出前所未見的嚴肅表情。她正襟危坐，直直盯著我的眼睛，突然開口說：

「我不會因為職業歧視別人，也不會因此輕蔑別人。所以，妳說實話吧。」

我心想這個人到底在說什麼，但是看她這麼嚴肅，我一時也答不上來。我想當時我應該只是一臉呆愣。不知道是不是我的表情太不值得信任，她緊接著說：

「妳到底在做什麼工作？SM 女王？」

……好友啊！謝謝妳這麼擔心我，但是妳擔心的方向，是不是有點奇怪？

那位朋友聽到我講電話，擔心我是不是去做什麼見不得人的工作。的確，約見面的地方是飯店大廳沒錯啦。因為是約晚餐，所以時間當然是晚上。是說，為什麼是 SM 女王？她的說法是，考量我的個性，她只想到這種類型。喂，妳的想像也太奇怪了！

雖然聽起來很好笑，但其實這裡有個很重要的大問題。接到相親聯絡的我，很機械化地回應對方，用字遣詞和音調完全沒有展現出要去約會的興奮感，所以朋友才會以為那是工作，而且我自己也覺得相親約會越來越像工作。

其實，我也是別有用心。婚友社介紹這麼多人給我真的很幸運。雖然我覺得很划算，但重點不是能和很多人見面，更不是讓花出去的錢回本，而是能不能遇到讓我想分享人生、建立關係的人。

然而，因為我被眼前的這點好處蒙蔽，到處參加相親，結果讓自己越來越搞不清楚自己想要找什麼樣的對象、喜歡什麼樣的人。這就是第三個悲劇。

擁有豐富的相親經驗，讓我被誤以為是詐騙集團，這是第一大悲劇；婚友社利用我的豐富經驗，我也答應對方繼續相親，這是第二大悲劇。結果，完成相親的流程反而變成目的，完全搞不清楚自己到底想追求什麼，這就是第三大悲劇。我到底在搞什麼啊？

因此，為了了解自己對哪位婚友社介紹的人有好感，至少要知道自己有什麼需求、有沒有偏好的類型，我製作了某個法寶。

這真的很過分。你們聽了不要倒退三步喔！是說，連自己都對以前的我倒退三步了，更何況是別人。我到底做了什麼呢？

我用 Excel 做了表格。詳細內容我已經忘記了，但是大致是用五個階段評估「第一印象」、「對話」、「顧慮」、「外貌」、「住處」、「收入」、「財產」等內容。譬如說「第一印象」不好也不壞，那就是「三分」。「對話」聊得很開心，就給「四分」。如果對餐廳的服務生很冷漠，那就在「顧慮」這一項給「二分」。「外貌」如果不是我的菜，但一般人會覺得帥就給「四分」。「住處」在富翁村就給「五分」，「收入」也給「五分」。「財產」除了有幾臺車之外，還有飛機、遊艇，在全美各地都有房子，可以給「五分」。這樣總共有「二十八分」，平均值為「四分」。

把所有婚友社介紹給我的人都這樣算過一輪之後，出現很有趣的結果。大家的平均值竟然都一樣。

真是頭痛。這樣根本沒辦法選啊！但是啊，最讓人頭痛的就是我自己。不檢討自己，反而用數字評斷他人。完全不覺得這樣做很過分，還認真製作表格，我真的很沒品。應該是說，我根本就是垃圾中的垃圾。然而，當時的我根本沒發現，也發現不了。如果有時光機的話，我好想回到那個時候，在過去的自己頭上潑一桶水，讓自己好好清醒一下。可以的話，也想直接揍自己一拳。可是，即使我這麼做，過去的我一定也不會發現自己做的事有多卑劣、可恥。曾經銘刻於心的價值觀，不會那麼輕易崩毀。

結果，我在美國還是經歷了多次相親。然而，在美國也一樣，相親讓我覺得空虛，而且不知道自己到底在做什麼。儘管已經掙脫父母安排的軌道，發現自己可以往任何一個方向前進，但是我卻不知道該何去何從。離家出走逃到美國，拚命活下去的時候，我只想著當下的生活。該怎麼做才能吃下一頓？該怎麼做才能活下去？我根本沒有餘裕去想未來的事。待生活稍微穩定，眼光終於不只放在當下，有了展望未來的餘裕時，我卻迷失了。不對，我或許不是這個時候才迷失，而是終於有餘裕發現自己已經迷失。

那我到底是什麼時候開始迷失的呢？我又是以什麼為基準決定前進的方向呢？逃離日本時、賺取以金錢為名的工具時、在美國加入婚友社時，我是以什麼為基準做決定呢？我之所以會迷失，問題就出在判斷的基準。如此想來，這很正常。那基準究竟是什麼？

一言以蔽之，這個基準就是「對我有利」。為了逃離對自己不利的現實，我離家出走逃到美國。選擇逃亡地點的時候，我也都在找對自己有利的地方。想賺錢也一樣，因為有錢對自己比較有利。參加婚友社也是對自己有利的選擇。當婚友社介紹超過原本方案的人數，我想都沒想就答應相親，也是因為覺得划算、對自己有利。

結果，我就迷失了。以對自己有利這一點為基準的我，最後反而被牽著鼻子走。因為「對自己有利」而逃到美國，結果到了美國仍然因為「對自己有利」而被耍得團團轉。說到底，這一切到底是為誰辛苦為誰忙啊？

不過，我會迷失或許也是理所當然的結果。當我在思考該往哪裡前進的時候，總是選擇對自己有利的方向。但是，最後都會變得不利於自己，或者出現對自己更有利的選項，然後我就馬上見風轉舵。朝著有利於自己的新方向前進之後，又會碰到變得不利，或者是出現更好選項的情況。結果我又轉向了。就這樣無限循環。一直轉、一直轉，最後導致自我迷失。我到底在追求什麼啊？被眼前的利益牽著鼻子走，真的很空虛。那除了「對自己有利」這一點之外，要以什麼為基準才好呢？有什麼基準是不動如山的呢？

過度執著於「避風港」

到美國之後，有將近一年的時間我都經常在生氣。因為日常生活的基礎——「語言」不通，讓我備感壓力。在美國，隨時隨地都會被要求表達自己的意見。無論是工作場合，還是私人派對都一樣。被搭話之後，了解對方的意思，而自己對這些話也有想法，甚至可以用幽默的方式回應。這就是所謂優雅的對話。

不過，這是說日文的情況。英文的話，我只能用乏味的 YES、NO 回答。對於不能用對錯回答的問題，我只能焦躁地閉上嘴。雖然心裡很不甘心。這種時候對方就會明顯露出很遺憾的表情，有時候還會表現出藐視的態度。超不爽的！這種時候我會很生氣。「我雖然不會英文，但也不是笨蛋！」我不是在心裡想而已，而是會發出聲音，好好用英文說出來。不知道為什麼，偏偏這種話都可以順利傳達給對方。我真的是無可救藥的笨蛋……

雖然很蠢，但我曾經由衷吶喊：「我才不是笨蛋！」

說來很慚愧，我之所以會說這句話，是因為以前我對自己的「工作能力」很有自信。然而，自從踏入美國的那一瞬間開始，我就成了一個來自東洋小島、不會說英文也無法溝通的人。只要無法傳達給對方，即使我有再崇高的理想，也等於沒有。是說，我有沒有崇高的理想本身也是個大問號。

當時發生過這樣的事。我在語言學校的櫃檯工作，電話響起，我像平常一樣接起電話。以流暢的英文報上學校的名字，然後問對方有什麼事？有沒有需要我幫忙的地方？結果，對方對我說了一句難以置信的話：「你們那裡沒有會說英文的人類嗎？」

不是吧……

你難道覺得我是魚類嗎？

我希望各位不要誤會，打電話來的人並沒有歧視我的意思。對方是打電話來談工作的事，一個結結巴巴的人接電話讓他感到不安。不過他表達的方式有點過分。

我說這個故事，是想表達剛才雖然說我對自己的「工作能力」很有自信，但事實上根本就做不好眼前的工作。

我並不是「有工作能力」，只是有「說日文的能力」而已。證據就是我在美國連一通電話都接不好。如果當初我是去西班牙或者義大利，或許會更慘。我只有在日本的時候才算是有工作能力。而且，如果由銀行員時期的上司來評論，他應該會持保留態度。無論如何，我只有在能用日文溝通的地方才派得上用場。如果換個語言，我就變成「可能」有工作能力的人，算不上是到哪裡都具有工作能力。

還有另一個原因讓我說出「我才不是笨蛋！」這句話。那就是「人家我以前可是在好公司工作過呢！」這種心情。當對方因為我無法用英文回答而輕視我的時候，我都會在心裡輕蔑地回敬：「人家我可是在都市銀行的總部工作過呢！」現在把這件事寫出來之後，覺得這麼想的自己真是太可憐了，畢竟當時我非常認真。當自己變成一個完全被藐視的人時，只能鬧彆扭了。即使是過去的工作也要拿出來說嘴。

在美國生活將近十年，回到日本的時候，以前被我當成心靈避風港的銀行已經消失了。我過去上班的那棟氣派大樓至今仍在，但銀行的名稱和標誌都不一樣了。以前曾經在哪裡工作，根本就靠不住。更何況那還是我十幾年前工作的地方。沒辦法當成自己的避風港。那只是一個「虛假」的歸處而已。

我牢牢握在手裡的，是一個只能在日本工作、根本靠不住，既「短暫」又「虛假」的避風港。不過，即使那不是真正的避風港，只是「短暫」、「虛假」的依靠，我也只能緊緊抓牢。當初因為討厭相親而逃到美國，但我並沒有從此幸福快樂，這個世界沒有這麼美好。雖然不需要相親，但其他問題接踵而至。我不會說英文，沒有家人可以依靠，手頭上也沒有錢！

就連自己的存在價值都被否定，一直被忽視。我就像溺水的人，得想辦法抓住什麼才行。而我抓住的那些「短暫」、「虛假」的依靠，換句話說，就是當下對自己有利的選擇。我只是抓住眼前對自己有利的東西而已。

這樣說聽起來好像在講某個人以前的故事。

如果讓大家覺得「現在的我已經是僧侶，才不會做這種事」，那我會覺得有點羞愧。因為我現在一定也拚命握住某些東西。

只是，我現在已經四十八歲。說年輕，其實也有點微妙。但是，「年輕」、「健康」都是自己不經意抓住的東西，當下也會覺得這就是自己最重要的避風港！這就是我！說得好像事不關己，但自己緊緊握住這些東西的時候，根本不會發現。因為在當下那都是很理所當然的事。失去之後，才會發現以前曾經牢牢握在手裡。

就跟抓住眼前對自己有利的東西，卻被耍得團團轉一樣。被耍的時候都不會發現。所以，很快又會把眼前對自己有利的東西當作基準開始出發。即使那明明就不是真正的基準。

「沒看過真品的話，就會把贗品當成真的。」

生於明治時期的佛教學者安田理深曾經這樣說。讓我想到當年拚命抓緊「短暫」、「虛假」避風港，吶喊「我才不是笨蛋！」的自己。我這樣吶喊，但不知道自己該往哪裡去，就這樣迷失了。我努力再努力，拚命活下去，然後傷害別人。即使傷害到別人，我也沒有發現，只是一味埋頭往前衝。

那到底什麼才是真實？真正的避風港到底在哪裡？

教訓

親鸞聖人說過，所謂的「自力」就是「依靠自己的身心、力量與各種善根」，這句話讓我想到過去那個拚命活下去的自己。

努力本身沒有錯，但是以努力為傲的行為讓人心痛。那是潛藏在我心中的傲慢。連這一點都沒發現，更遑論察覺自己深陷於貪嗔癡等慾念、憤怒的煩惱之中了。

※握拳

第三章

癡

不知道自己其實很無知的我

比錢更重要的東西？

位於英語圈、氣候溫暖、大眾運輸發達。滿足這三大條件，而且給人輕鬆愉快的印象。我僅憑這些理由就決定要離家出走到舊金山。去了之後最讓我吃驚的就是那裡有很多流浪漢。不只我在美國生活的二〇〇一年到二〇一〇年，二〇一九年舊地重遊的時候也一樣。

不過，和以前不太相同的是流浪漢的出身背景出現變化。以前很多流浪漢是藥物成癮者或退伍軍人，但現在則是有很多年輕的失業人口。因為房租高漲，很多人在住宅區後巷裡搭帳棚生活，他們也擁有智慧型手機，這讓我很驚訝。

我和這些流浪漢之間，有幾個難以忘懷的小故事。那是我住在一般稱為貧民窟區域時的事情。（即使是貧民窟，我也付了每個月將近十萬日圓的房租！）有次我打算去附近的投幣式洗衣店洗衣服的時候，在斑馬線上跌倒，大量衣物散落在馬路上，路過的流浪漢幫我一起撿衣服。還發生過這種事，我在治安不太好的地方等巴士，有個可疑的人明顯朝我這裡走過來。我心想：危險！我得趕快逃！可是，就算我逃走，感覺也會輕而易舉地被抓回來。這種時候更不能驚慌，不能讓對方察覺我的恐懼。但是，該怎麼辦才好？就算逃走也會被抓住。如果不逃，當場就會被攻擊。我完蛋了！

因為內心的恐懼，讓我覺得舌頭被拉到喉嚨深處。就在這個時候，附近的流浪漢，像盾牌一樣站在我和可疑人物之間，就這樣靜靜陪著我，直到巴士來為止。託他的福，那個可疑人士當場就離開了。雖然不知道他是何許人也，但他是我的救命恩人。真的很感謝他。

我不只一、二次被流浪漢救過。

到美國還不滿一年的時候，我在語言學校的柬埔寨同學介紹的咖啡廳工作。順帶一提，那間咖啡廳的老闆曾經在波布政權下被送入柬埔寨的集中營，所以他對店員也以相同的方式管理。也就是說，沒有休息時間也不供餐。客人給的小費也全部沒收。站了一整天之後，還要負責打掃這種重度勞動，下班後我疲憊不堪地來到車站。在那裡我遇到一名流浪漢。他說：「給我一點零錢吧！」我一看，對方是個年輕的男生。

看到他的樣子，我想都沒想就先開口說：

「等一下，你還那麼年輕。不只這樣，你還可以流暢地說英文。那為什麼不去工作？我連英文都說不好，還是這樣努力工作。你還想跟我要錢？」

我用破碎的英文單字，諄諄告誡對方。他靜靜聽完之後，不知道為什麼看起來很開心。我說教一通之後，他竟然靦腆地對著我笑了。我過了一陣子，才了解他露出笑容的原因。

有人揶揄說舊金山的名產就是流浪漢，所以路上看到流浪漢也不會特別在意。某天我遇到這樣的事。我聽到有人說：「一便士（一分，大約一日圓）也好，給我一點錢吧！」我無視那個聲音繼續走，對方說：「如果不能施捨我金錢，那至少對我笑一個吧！」

我聽到這句話嚇了一跳，不禁回頭看。路邊坐著一位身披破舊毛毯的年長女性。我像反射動作般地露出微笑，她對我說了聲謝謝，然後開心地露出笑容。

沒錯。金錢是活下去的工具。如果有的話很方便，也是生存的必要工具，但光有金錢是活不下去的。

維持生活需要麵包，但是，人無法光靠麵包活下去。年輕的流浪漢笑著聽我對他說教，我想應該是因為他很高興有人認真對自己說話。「至少對我笑一個吧！」那或許是在吶喊：「不要忽視我！」她想要的不是受人憐憫獲得金錢施捨，而是單純以路人的身分，得到別人的笑臉相迎。這是麵包絕對無法填滿的空虛。

十幾年前發生這件事，時至今日那句話仍言猶在耳。「至少對我笑一個吧！」那句話聽起來像是在說：我想要妳的笑容，那妳想要什麼？妳想追求什麼？我已經有麵包了，但我還不滿足。在日本相親多次之後，我覺得對方只要求我笑著迎接客人、生個男孩。如果自己的存在意義和人生的目的只有這樣，那就太空虛了。這個想法讓我的人生碰到瓶頸，同時也成為我衝動遠走他鄉的力量。為了追求活下去必要的、除了麵包以外的東西而遠走他鄉。

LGBT的城鎮——舊金山

話說，聽到美國西岸的大都市舊金山有很多流浪漢，應該滿多人會覺得訝異。那麼聽到這裡是同性戀之都，大家會怎麼想呢？

日本最近也常聽到LGBT（女同性戀、男同性戀、雙性戀、跨性別人士）這個詞，但舊金山從很早以前就是個對多元性向非常寬容的都市，而且寬容的程度超乎想像。沒錯，我至今仍難以忘懷當時的衝擊。

那是我在離家出走之前，到舊金山觀光時發生的事。寄宿家庭有一位日裔老奶奶，我和她一起外出購物時，在紅燈前停了下來，斑馬線對面有一對男同志。除了旅遊書上的照片之外，我是第一次看到同志伴侶，所以目不轉睛。是真的耶！我近乎失禮地一直盯著他們看。他們滿身肌肉、身材壯碩，都身穿白色背心和牛仔褲，兩人牽著手凝望彼此。

天哪！男同志正深情地望著對方耶！我的心裡一陣騷動。我對於和他們之間隔著斑馬線這件事不以為意，以好奇的目光凝視這對愛侶。不知道他們是不是察覺我的視線，兩人熱烈地相擁之後深深一吻！

天哪！這是什麼意思？是為我訂製的特別服務嗎？是說，這算是什麼服務？真的是讓我目瞪口呆。我當時應該是一臉呆滯地繼續看著他們吧。因為我們在斑馬線上擦身而過的時候，其中一個男同志還對我眨了眼。真是大飽眼福！我是說真的。

我無法壓抑心中的興奮之情，但身邊的老奶奶卻擺著臭臉。還說了一些汙衊同性戀的話。對於生長在戰前日本，戰後又嫁給日裔丈夫的她來說，這種價值觀或許難以接受。

另一方面，我則是和接不接受同志無關，單純像是看到珍稀物種一樣興奮。說實話，這其實頗為失禮。不過，這是我毫無偽裝的第一反應。而且，我也因此了解即使是在對多元性向很寬容的舊金山，也有人持否定意見。

隨著時間流逝，我成為這個城市的居民後，看到同性伴侶在眼前熱吻，也紋絲不動。對我來說，這已經不是什麼特別的事。說實話，以前他們對我來說都是競爭對手。雖然也不是真正的對手，但我會這麼想有其原由。

我某次去參加一個派對。一位長得帥、身材又結實的男性。帶著爽朗的笑容來到我身邊。我們聊得很愉快，氣氛也很融洽的時候，那個人對我說：

「跟妳介紹一下我的另一半。」

對耶，說得也是。他長得又高又帥、打扮入時，我們聊天也聊得很開心，沒有伴侶才奇怪吧。我已經做好心理準備，不知道他會介紹什麼樣的美女給我認識，結果沒想到出現在我眼前的是個男人。

唉呀，原來是這樣啊。這裡可是舊金山。優秀的男性會有優秀的男性伴侶。如果他介紹的是女性，那就是另一回事了。即使是絕世美人，只要是女性，就生物學的角度來看和我還是一樣的。就算外表天差地別，那也只是個人喜好不同而已。喜好有可能改變。雖然很渺小，但還是有希望。不過，如果是男性，我只能垂下尾巴默默退出。根本連對手都算不上。唉呀，這個世界真是無情。

雖然這仍然是都市傳說，不過感覺舊金山的好男人都是同志好像跟真的一樣。事實上，我的朋友曾經半開玩笑半認真地說過，（喜歡男人的）單身女性如果想要有好姻緣，只能在舊金山以外的地方尋找了。

這些同志有很多朋友。雖然不能一概而論，但很多同志都充滿魅力。對美學很有品味，說話又風趣，和他們在一起非常開心。沒錯，他們並不特別。

就像我自己是喜歡男人的女性一樣，他們只是喜歡男人的男性和喜歡女人的女性。僅此而已。事實上非常單純。

然而，我心中仍有一部分無法坦然接受這個單純的事實。我們在認知事物的時候，會替換成語言。當事物進入語言的框架中，那一瞬間就會被語言束縛。

語言本身就會綁住自己

也就是說，以這個狀況而言，我們會用「同性戀」這個語言來理解單純的事實。然後被這個語言束縛，甚至因此而迷失。那個人是同性戀。可是那個人是長男吧？延續家族香火的問題怎麼解決？

這真的是多管閒事。雖然是多管閒事，但想像會變成妄想，然後再加上負面猜測，就會加速暴走。任何人都阻止不了。我們日常生活中也經常有這種狀況。

譬如「生病」。「生病」是單純的事實。然而，我們無法坦然接受這個事實。跟公司請假，會不會影響考績？要是因為這樣，連薪水都變少怎麼辦？如果這個病越來越嚴重，最後臥床不起怎麼辦？以後說不定連家人都會遠離自己……從「生病」可以聯想到的事情（主要是不好的事），會像聯想遊戲一樣一直發展下去。然後，人又會被聯想束縛。就像自己在培養心中的迷惘一樣。我雖然這麼說，但自己其實也犯了一樣的錯。

剛到美國的時候，經常有人來找我搭話，就是一般人所謂的「搭訕」。碰到這種情形，即使對方很客氣，我還是忿忿不平地想說：「因為看我是亞洲人，就瞧不起我嗎？」而且每次我都這麼想。對方只是單純來找我搭話而已。我卻因此覺得自己被看輕而感到憤怒。這就表示「亞洲女性」這個詞彙，就是我對自己的認知。

而且，我還被這樣的語言束縛，認定別人「一定會這樣看待我」。雖然對方笑容可掬，但他心裡可能就是這麼想。我一定是被當成言聽計從、非常溫順的人種。我才不會如你所願！不要把我當成傻瓜！我當時非常盛氣凌人。但說到底，這只是我對自己的評斷。

題外話扯太遠了。剛剛在談 LGBT 對吧。說讓大家換換口味好像也不太恰當，不過我要說個很浪漫的故事——當時有一對女同志，分別是菲律賓血統和義大利血統的美國人，她們在朋友的餐廳工作。因為很想要有孩子，所以在精子銀行取得菲律賓人的精子，由義大利裔的美國女性人工授精懷孕。她們現在建立了一個溫暖的家庭。還有女同志伴侶用領養的方式擁有孩子。很棒吧。

不要擅自評斷別人

舊金山每年六月最後一個星期天都會舉辦「舊金山的驕傲」大遊行。孩子帶著「我為媽媽感到驕傲」的牌子，和女同志伴侶一起來參加。也有孩子帶著「我為爸爸感到驕傲」的牌子，和男同志伴侶一起來參加。我曾經看過這些人一起遊行的樣子。

其實，我覺得很震驚。好壞、善意惡意，各種情感全都混合在一起。對孩子來說，什麼才是幸福？

說句不怕人誤會的話，很多同志伴侶在經濟方面比較富裕。在有藥物成癮症、家庭暴力、貧窮問題的親生父母身邊成長，會比在經濟寬裕、教育程度高的同性伴侶身邊獲得滿滿的愛更好嗎？我明明沒有孩子，卻開始思考這些問題。

話雖如此，這句話的背後仍然隱藏著我的刻板印象，畢竟我還是認為親生父母比同志伴侶好。

我到美國之後沒多久，美國的朋友對我說過一句話，至今仍言猶在耳。「妳為什麼要評斷別人？」我當時不自覺地評斷所有事物和人物。也就是說，我會擅自判定善惡，然後認為自己的判斷非常正確，而且堅定不移。或許我當時也把這些評斷強加在別人身上了。

由親生父母扶養還是由同性伴侶扶養比較好？關心這個議題，並且當成自己的事思考很重要。但是擅自決定答案，甚至評斷、評判當事人，可能已經算是大幅越權的行為了。

再更進一步說，我們是以什麼基準去評斷他人？是自己的想法嗎？那些先入為主的想法，說不定一開始就是錯的。我們以為這都是自己的想法，但其實我們的想法受到至今讀過的書、聽過的話、成長環境等影響。說不定在電視上偶然看到某個知名權威說過的話，一直殘留在心裡。

我想表達的是，自我判斷是不可靠的。用不可靠的判斷，對他人說三道四，真的好嗎？

我會說得如此熱切，是有原因的。因為我自己都曾經被外人評斷，真是豈有此理。別人對我莫須有的評斷，導致沒有的事情被說得煞有其事。被美國人說「妳總是在評斷別人」的我，反而被人評斷了。真的是很諷刺。到底發生了什麼事呢？你們聽了一定會嚇一跳。我被誤認為變性人。也就是說，有人誤以為我本來是男兒身。

我看起來像男的嗎……

我在語言學校櫃檯工作的時候，學校裡有很多從世界各地來學英文的人。當時，我發現一件事。泰國學生和我說話的時候，一直盯著喉結那一塊。為什麼？一問之下，得到一個令人驚訝的回答。「妳本來是男的吧？」

才不是！絕對不是！不過，聽了他們說的理由之後，我更加驚訝。內容實在非常合理。他們的理解是這樣的。我原本是出生在京都寺院的男孩，但發現自己其實是同志，而且父母都不肯接受這個事實。不得已之下，只好逃來美國。更精采的在後面。雖然動了變性手術，但錢不夠沒辦法隆乳。

天哪，我聽到這裡的時候，放聲大笑。我的確體型壯碩，而且胸部小，聲音又低沉。很少有人連喉結都動手術，所以他們才會觀察我是否有喉結。我莫名地感嘆：真不愧是變性手術大國的居民啊！

話說回來，泰國學生之中，也有幾位原本是生理男性。某次，美國老師一臉鐵青地跑來櫃檯。她說：「我去上廁所的時候，看到有個穿女裝的男人！」我知道她在說誰，所以告訴她：「沒關係，不用介意，他是女的。」這感覺不像是好奇盯著男同志接吻的人會說的話。是說，那個好奇寶寶就是我。

這不特別也不奇怪。或許我心裡的確會覺得很特別、很奇怪。但是，事實本身不特別也不奇怪啊。如果男人打扮成女人的樣子，就表示他希望別人把他當成女人。我們不需要對他下各種評斷。當然，最近日本的治安也變得不太好，如果有人不安好心扮成女裝，也是一個大問題。

我覺得很不可思議。位於英語圈、氣候溫暖、大眾運輸發達。滿足這三大條件，而且給人輕鬆愉快的印象。光靠這些就決定要離家出走到舊金山。不過，也正因為住在舊金山，我遇到的人和事構成了另一個世界。這裡有很多流浪漢，對LGBT很包容，而且混雜不同人種。因為和不同國家的人來往，讓我在不知不覺中接觸到每個國家的文化與歷史。

融合各種文化的語言學校

尤其是我的朋友群中有很多華裔美國人，讓我身在美國，卻對中國的文化與歷史越來越熟悉。比起感恩節吃火雞，我更喜歡中秋節的月餅。回到日本之後，中秋節時我沒有買月見糯米丸子，而是跑去百貨公司買月餅。就像過年要吃年節料理一樣，中秋節這天沒吃月餅就覺得渾身不對勁，真的很搞笑。

插個題外話，我曾經聽過「飛地文化」這個詞。飛地文化指的是隨時代變遷，在本國已經消失或者逐漸式微的祭儀、習俗，還殘留在海外的社區之中。以日本來說，盂蘭盆舞蹈就是一個例子。在美國被美國人邀約「一起來跳盂蘭盆 dance」的時候，我不禁覺得疑惑。那位朋友穿著日本的短褂，戴上寫著「一番」的頭巾出現時，我嚇了一跳，總覺得哪裡怪怪的……

現在就像是從國外紅回來一樣，連在日本都會看到「盂蘭盆dance」這個詞。除此之外，還有搗麻糬。以前年末的時候，家人、親戚都會聚在一起用杵臼搗麻糬，但這個活動在日本已經很少有機會看見。

在國內的時候一點也不覺得珍貴，有時候甚至會覺得很煩的事情，一旦到遙遠的海外生活，就會覺得必須守護這些風俗習慣。即使這種認為必須重視的判斷，都會大幅受到環境影響。

因為在語言學校的櫃檯工作，我有機會接觸來自中國以及各國的學生。某次我突然想到，開始數起有幾個國家的學生。我忘記確切的數字，不過大約有四十幾個國家。雖然不能以刻板印象來判斷這個國家的人都這樣，但每個國家的人都有其特色。

尤其是在拜託別人事情的時候，這些特色會非常鮮明。從請託的方式也會直接反映國家的體制。

具體而言，社會主義國家的人會用命令的方式：我需要這個，所以妳必須去做。順帶一提，曾經屬於社會主義國家的人也一樣。相較之下，東亞、東南亞等資本主義國家的人就很懂得哄人。所謂的哄人就是嘴巴很甜，也會送禮。也就是所謂的賄賂。他們會送一些不是太貴、讓人沒有負擔的禮物。無論是男是女，都會自然地給我一些小點心、花束，有時也會請吃午餐（主要是在附近麥當勞買來的食物）。不只對我，他們對我的上司也一樣。這些本人不自覺的舉動，反映出超越個性、受生長國家環境的影響。

話說回來，我自己能在就讀的語言學校工作，也不是學校看好我這個人，而是對日本人有不錯的評價。校方一定是期待我具備日本人特有的認真與強烈的忠誠心，才會錄用我。不過，實際上我是否真的具備這些要素，還真的很難說。

言歸正傳，學校裡有各種學生。不小心發現國家的重要機密、亡命天涯的韓國人。為逃避兵役來留學的土耳其人。因為這份工作，我才知道有很多國家都有兵役制度。我還想起有個男生哭著說他不想回國。因為在美國出生就可以取得美國國籍，有中國人為了讓自己的孩子擁有美國國籍來這裡生產。很多人都帶著自己的追求，來到美國。

接觸在各國成長的人們，或許反而讓我遇見在日本成長的自己。包含我自己在內，這裡的每個人都很拚命。拚命在生存。現在仍持續拚命生存中。推動我和這些人的動力，到底是什麼呢？應該每個人都不一樣吧。那反過來說，妨礙我們生存的阻礙又是什麼呢？

或許就是空虛也說不定。

空虛感的真面目

譬如說，像之前提到的，我們不是被「生病」這個事實影響，而是被「生病」這個詞衍生的聯想束縛，甚至感到迷失。我們不會被事實本身影響，反而會被表達事實的語言迷惑。

雖然我們如此脆弱，但只要有人能和自己共享生病的痛苦，或許就可以繼續努力下去。即使事業失敗、破產，只要有人支持自己，或許就能繼續堅持。健康、金錢等可以說是支撐人生的重要支柱，如果有所動搖，也頂多就是讓人迷惘，不至於成為活下去的阻礙。

然而，即使是以他人的眼光看來微不足道、瑣碎的小事，只要讓人感到空虛，就可能變成活下去的阻礙。

空虛就是空洞。空空如也。當你突然停下腳步回首一望，會覺得我以前都在做什麼啊？有這種想法的時候，社會地位、財產、家庭甚至健康，都會失去色彩。說不定連未來都變得一片黑白。

剛到美國的時候，我看不見自己的未來。我不知道自己一個月後、一週後，不對，連明天都不知道自己在做什麼。沒有預計的行程，也沒有希望。我為了逃避對自己不利的現實來到美國，但逃避本身反而變成目的。

當目的達成的時候，我手足無措。然而，現實不允許我手足無措。在異鄉生活，必須吃飯、活下去的現實，給予我新的目標。原本打算在美國終老的我，拚命工作也得到安穩的生活。所以呢？接下來，我該怎麼做？

這個城鎮的景色、氣候、住家、身邊的朋友、使用的語言、日常的食物，一切都和住在日本的時候不同。可是到底有什麼不同呢？人活著這個大框架基本上是一樣的。

眼看就要三十歲，我卻拋下過去累積的東西，到一個連語言都不通的環境重新開始生活。幾年後，當生活比較穩定，我才突然發現……其實都一樣。

那接下來該怎麼辦？

又要去不同的國家，展開新生活嗎？所幸，我還滿有自信的。就算不懂那個國家的語言、沒有錢，我也有自信能想辦法生活。即使去其他國家，我應該也能活下去。

但是，活下去又怎麼樣？

我到底是為了追求什麼而去其他國家呢？對居住的地方和人生感到徬徨，真的很空虛。

為了寬慰、哄騙自己，我試著加入婚友社，但還是迷失了自我。那我到底在追求什麼呢？

什麼才能真正滿足我的人生？

旁人或許會覺得明明是自己的事情，怎麼會不知道呢？然而，正因為是自己的事情，才更看不清。我們都自認為很了解自己，但就連自己的判斷都很不可靠。我連自己的判斷很不可靠這件事都沒發現，更不用談了解自己了。

「我到底在追求什麼？」這個問題，其實就是在問我的人生要朝哪個方向前進？這就是所謂的「生命的方向」，以世俗的說法來表達就是「人生的目標」。而且，「什麼才能真正滿足我的人生？」則是指填滿空虛、除了麵包以外的東西。這個部分如果不夠明確，即便他人對我的人生有很高的評價，那也是個空虛的人生。至少對我來說，就是這樣。

回到日本之後，我去讀了大學，現在也在研究所進修。學習的喜悅、獲得新知的喜悅，讓我覺得無比愉快。每次聽課，我都覺得受到衝擊。因為越是精進學習，就越了解自己有多麼無知。

同理，離開日本生活在不同價值觀的國外，並沒有讓我了解世界，而是明白自己根本不了解這個世界、什麼都不懂。

我對年輕的流浪漢說教說得頭頭是道，但我自己又何嘗不是如此。我和他是一樣的。

「你還那麼年輕。不只這樣，你還可以流暢地說英文。那為什麼不去工作？」

我這樣對他說。在到美國之前，生活在日本的我，可以流暢地說日語，也有一份好工作、好收入，有朋友還有為我擔心的父母，也有願意和我共度未來的相親對象，對方也有收入，能過上寬裕的日子。我幾乎可以說是擁有一切必要的東西。我明明就擁有一切，卻伸出手說「再給我多點」。而且，我還沒發現這一點，根本一點也不了解自己。

我想表達的並不是世俗上所說的「不知足」。我並不是要大家滿足於現狀，懂得忍耐。無論有沒有得到想要的東西，都會覺得這樣就很好了。這種滿足和得到想要的東西是完全不同的。

我們心裡所想的滿足，永遠沒有結束的一天。

譬如想要考上好學校，如果能入學就可以高喊萬歲。但是，接下來又會想要到好公司上班。這是理所當然的事。假設真的可以如願到好公司上班。一般來說，通常都會想要出人頭地。比起沒人看好自己，得到好評價心情總是比較好。當然，已經在好公司工作，就會想要和優秀的對象結婚。然後生孩子，住在漂亮的家裡。一般都會這樣想吧？這很正常。

不過，請回頭看一下。當初只是「想要考上好學校」而已。明明就已經滿足這個願望，下一個願望又會出現。滿足下一個願望之後，就有下下一個……沒完沒了。結果，這並非真正的滿足。

「什麼才能真正滿足我的人生？」

這個問題換句話說就是：「什麼才能讓我解脫？」從想要更多、沒有盡頭的慾望之海中解脫。這或許可以說是一種終極的自由。

從偏見之中解脫

流浪漢、LGBT、來自各國的人們。我在舊金山遇見的，是一群被偏見圍繞的人。就連我自己，也用帶著偏見的眼光看他們。很可恥的是，我甚至歧視過他們。

所以才能毫不在意地在大眾面前，教訓年輕的流浪漢。

更進一步說，我連他們的存在都沒放在眼裡。只有在剛好受到幫助的時候，才會心想：「真是我的救命恩人，太感謝了！」真的很自以為是。

我對LGBT的各種同志人群更過分。甚至用好奇的眼光看待他們。他們不是什麼珍稀動物，只是性向和我不同。只是如此而已。

從世界各地來到美國的人也一樣。因為成長環境不同，導致出現不同的想法和行為，這一點我也相同。說白了，我講的就是中國人。各位對中國人有什麼印象呢?在觀光勝地京都生活，有很多事情都會讓我很難對中國人有好印象。

不過，在美國的時候，我剛開始只會說一些單字，當初照顧我的人就是偶然遇見的華裔美國人。當然，日本人也很為我著想，但在難以溝通的狀態下，在加上我又來自國際交情不怎麼樣的國家，他們真的對素昧平生的我非常親切。

約時間的時候，我都這樣說：

「You. Come. Here. Tomorrow. 7.」

這是在開玩笑嗎？拜託告訴我這是在開玩笑！

竟然可以靠這種程度的英語在美國生活，我真的很想花一個小時的時間好好問問以前的自己……即使是這樣的我，他們還是很溫暖地接納包容。

剛才說我用帶著偏見的眼光看待他們，結果只是因為自己的無知。因為不了解對方，所以靠自己的想法判斷。

了解事實之後，就不覺得特別了。同性戀也是一樣，覺得特別的只有我自己而已，事實本身並不特別。

一旦發現事實，用偏見看待的事情就不成立。就像我後來已經能夠安撫因為看到變性學生用女廁而感到慌張的老師，告訴她：「沒關係，不用介意。」因為我自己一點也不介意了。對我來說，這已經不是什麼特別的事情。因為這樣，我的思想得到解脫，變得自由了。

用帶著偏見的眼光看待他人的人，也會帶著偏見的眼光看自己。就像我覺得自己是「亞洲女性」一樣。

更可怕的是，我明明是「亞洲女性」，卻瞧不起「亞洲女性」。評斷別人的人，也會因為害怕被別人評斷而受束縛，這種自我的想法綁住了自己，才會變得痛苦。非常痛苦。

束縛自我的想法，讓我變得痛苦。

也就是說，讓我變得痛苦的其實是我自己的判斷和那些眼前於我有利的基準。我曾經以那些會因為環境和狀況不斷改變、根本就不可靠的根據為基礎，用帶有偏見的眼光看待自己和他人。

然而，在了解事實之後，那些被歧視的對象就變得理所當然，一點也不特別了。因為如此，我變得很輕鬆，也因此得到自由。為自己想法所苦的我，解脫獲得自由。

這就表示我終於可以擺脫「必須滿足這個、滿足那個」的追求。

換句話說，我擺脫了自己為自己設下條件的狀態。我擺脫了「必須身體健康、事業有成、家庭圓滿才能幸福。否則我就是一個沒用的人」這種想法，獲得自由。

我就是我，我學會面對單純的自己。就算難以接受，但是面對自己之後，我遇見一個連我都不認識的自己。

那我到底在追求什麼呢？

我以前不知道答案。也沒想過什麼「生命的方向」、「人生的目標」。只是不斷在追求某種東西。應該可以說是渴望吧。渴望有什麼能填補空虛、除了麵包以外的東西。那麼，對我來說除了麵包以外的東西又是什麼呢？

❖ **教訓**

癡，也可以說是愚癡，一種深入貪慾與嗔怒根源的煩惱。又可以解釋為愚鈍，表示不了解自己無知的狀態。換句話說，就是以為自己什麼都知道的無知狀態。因為什麼都不知道，所以往往具有否定一切的特徵，其中也包含自己在內。

第四章 光 有所發現的我

我從足以失去聽力的痛苦現實中逃亡到美國。在拚命生存之中，了解到自己緊緊抓住的是「短暫」、「虛假」的避風港。其實，我當初連自己正緊緊握著什麼都不知道。所以才會被眼前對自己有利的東西牽著鼻子走，也當然不會發現自己變得空虛。我理所當然地以當下的情況為基準往前走。明明那些都不是真正的基準啊。那真正的基準到底是什麼？不動如山的真正基準、「永久」又「真實」的避風港到底是什麼？

在這一章，我想談談真實的基準，換句話說就是我找到人生中不可或缺的真正避風港。

聽起來好像是個很宏大的故事。實際上到底發生什麼事呢？其實就是我在美國舊金山出家成了僧侶。我逃到美國之後，取得僧侶的資格，有了僧侶的資格之後操辦了一場喪事，以此為契機，讓我發現自己真正的避風港到底在哪裡。世事真是難料啊！

為了簽證而取得僧籍

我去美國之後，才取得出家人的僧籍。我對父母說自己要去放個長假，但根本不打算回家。原本打算在美國終老的我，簽證上的居留資格是個大問題。因此我查詢了許多關於簽證的資訊，赫然發現一件事。簽證竟然有出家人這個選項！

正確名稱應該是宗教活動者簽證，但這不正好就是專為我這從小在寺院長大的人所設的簽證嗎？於是我便決定要拿到僧籍。

我在這裡稍微說明一下什麼是僧籍。取得僧籍的方法根據宗派各有不同，但大致會像一般企業裡說的總公司那樣，需要到各宗派的總本山接受試煉，獲得一個法名。我不知道這樣比喻是否合適，不過和落語家很像。假設入桂一門的門下，就會取名為桂某某，入笑福亭一門的門下，就會取名為笑福亭某某。同理，因為我是入釋迦牟尼門下，所以取名為釋某某，像我的法名就是釋英月。因此，獲得法名的我，正式成為佛門弟子。

順帶一提，所謂的戒名是需要受戒才能獲得的名字。

不過，我當初根本就沒有想過要成為佛門弟子。我只是為了在美國申請宗教活動者的簽證，才取得僧籍。為了自己行事方便，連釋迦牟尼都利用，我真的很糟糕。

取得僧籍是我到美國一年後的事情。我表面上乖乖遵守在國外最長不會待超過一年的約定，但暫時回國的時候我就到總本山佛光寺取得僧籍。恰巧，每年會在總本山舉辦一次得度式，這是一個可以出家、取得僧籍的儀式，為期三天二夜的研習剛好和我回國的時間一致。真是太幸運了！

不過，人生並不會只有幸運。

我難以忘懷，抵達關西國際機場，打電話回寺院的時候……我只說「是我」兩個字，母親就沉默地掛掉電話。父母公認離家出走的我，根本沒有指望會受到熱烈歡迎。但是，稍微對我和顏悅色一點也不行嗎？明明一整年沒見耶。我還用僅剩的微薄存款，買了伴手禮……

這種落寞的心情轉為憤怒，我心想乾脆直接搭下一班飛機回舊金山好了，但為了取得僧籍，只好前往京都。

就這樣，打算暫時歸國的我，和覺得我不會再回到美國的父母之間，開始壯烈地對決！

唉，我好累。話雖如此，我自出生以來已經和父母相處三十年。從過去的經驗來看，我已經知道攻略他們的方法。首先，要先拿下突擊隊隊長兼優秀參謀的母親，再趁勢收拾位於本陣內的父親。我把目標鎖定在母親身上，馬上表達恭順之意。比起戰到彼此都見血，不如好好談談，以和平解決為目標。

說白話一點，就是用伊索寓言的《北風與太陽》戰術。我積極採取正面攻勢，雖然不打算待在日本，但盡量做會讓母親高興、也是母親所求的事情。就像孩提時代為了達成自己的願望而幫忙父母的老派方法。這個作戰的目的，就是參加得度式。

我隱瞞為了申請美國簽證需要僧籍這件事，告訴父母想要參加得度式，結果母親說她也想參加。她很開心地說，自己從小就想出家當僧侶。我心想，到底是什麼樣的小孩會從小想出家啊？不過，相較於純粹想參加得度式的母親，我可以說是機關算盡。即使帶著愧疚的心情，我還是和母親一起參加了得度式。

三天二夜的研習讓我和母親之間的感情更加深厚，北風與太陽的作戰感覺也很不錯，還可以拿到僧籍，真是太好了！但事情不是笨蛋所想像的那樣。世事總是無法如自己所願。

一碼歸一碼，在得度式的時候感情很好，但是一聽到我要回美國，母親馬上變臉暴怒。和平解決的作戰卡關。父母也很了解該怎麼對付我。

在激烈的往來攻防戰中，最後還是任性的女兒勝出。我一直堅持自己的步調，拿到僧籍之後就回舊金山了。我和父母之間的關係並沒有惡化，但也沒有變好。只是原本就已經很差的關係，保持穩定而已。也就是說，我仍然延續父母公認的離家出走狀態。不過，以我父母的角度來說，他們並沒有認可，所以算是非經認可的離家出走。而我成為僧侶之後，再度回到舊金山重新開始生活。

話雖如此，我仍然會因為想要小費，和餐廳的同事爭奪客人，實際上並沒有因為獲得僧籍而產生任何改變。就像徒有駕照卻不會開車的人。雖然拿到資格，但這和生活沒有關係。

直到取得僧籍四年後，也就是距離我最初到美國已經五年後，僧籍才和我的生活產生連結。那個連結來自一場喪禮。

遇見寵物鰤魚

雖然說是喪禮，但不是人類的喪禮。而是貓咪的喪禮。說到這裡，我想應該會有人覺得辦什麼動物喪禮！也有人會覺得寵物是重要的家人，當然要辦喪禮。順帶一提，我以前屬於前者。

不過，喪禮是為誰辦的呢？應該是為亡者而辦，而這裡的例子就是為貓咪而辦。希望亡者前往西方極樂淨土，以基督教的說法就是希望亡者前往天國。雖然每個宗教有所不同，但簡單來說，就是希望亡者能到一個好地方吧？當然，這是其中一個理由。

不過，應該不只這樣而已吧？留在人世的人，失去重要的家人，落入悲傷的谷底，喪禮不是更應該為這些人存在嗎？

我看著為失去愛貓而傷心的朋友，不禁說出：「妳願意的話，我可以幫忙舉辦喪禮。」雖然我沒有真功夫，但至少有僧侶的資格。就這樣，我開始在美國操辦寵物喪禮。

是說，雖然是為了悲傷的朋友挺身而出，但當初覺得「辦什麼動物喪禮」的我，為什麼會開始操辦寵物喪禮呢？

其實稍早之前，我自己的寵物也離開人世。順帶一提，我養的不是貓咪，而是兔子。我幫牠取名為鰤魚。我從喜歡的壽司口味中，選了一個聽起來不錯的當作名字。畢竟一隻兔子叫做海膽或赤貝很奇怪吧？不過，鰤魚好像也沒有好到哪裡去就是了。

我是突然遇到鰤魚的，並不是一開始就打算和兔子一起生活。這一點，鰤魚大概也一樣吧。我那天剛好和朋友一起去購物中心逛，剛好那裡有一間寵物店，我的生日又剛好快到了。就只是這樣而已。

我們本來只是想逛逛而走進寵物店，就在我們東聊西聊的時候，朋友說起自己以前養過的兔子。朋友熱烈地訴說兔子有多棒之後，便開口說既然我快生日了就買一隻送我。我心想：不是吧？

動作迅速的朋友已經推著巨大的購物車。

「需要的東西我全都送妳，妳就選一隻喜歡的兔子吧！」

朋友這樣說完之後，陸續把籠子、草料、水壺放進購物車。

等一下！要送我禮物，我是很感激啦！可是，妳幫我出的錢只是暫時的。我接下來可是要一直花錢養兔子耶。而且，誰要照顧牠？我自己都照顧不好自己了。

等等！等一下！不要急嘛！雖然我這麼想，但如果當初沒有發生這件事，這輩子大概也不會在美國養寵物吧。於是我在著魔的狀態下，接受了這隻兔子。那就是我和鰤魚相遇的情形。

當時有一位臺灣裔的美國朋友住在三房一廳的公寓，我向他分租一個房間。以美式的風格來說，就是一個共享公寓的感覺。我有個人的房間和衛浴，但是客廳和廚房是共用的。我帶著鰤魚一起回去的時候，室友笑著說：

「這是今天的晚餐嗎？」

才不是！

就這樣，我開始和鰤魚一起生活。

我以前都不知道，原來身邊有寵物，生活會變得如此豐富。我以前也有養過寵物。雖然我不知道在祇園祭典撈金魚攤位撈到、只活了幾天的金魚能不能算是寵物。不過我還養過澤蟹和錦鯉。順帶一提，那隻澤蟹一天就逃走了。錦鯉活了很久，但我不覺得有和牠心意相通。

那鰤魚怎麼樣呢？

雖然我們沒辦法聊天，但是叫牠的名字就會過來。我曾經試著叫牠凱薩琳，但牠一動也不動。我想說如果是日語發音相似的名字不知道會怎麼樣，所以叫牠花子，牠也一樣不動，完全不看我。我一叫牠鰤魚，牠就會看著我笑。牠之所以看起來在笑，或許只是因為我是牠媽媽。是說，牠也不是我生的就是了。

總之，牠就是很可愛。不知道是不是我太過溺愛，給牠吃太多飼料，明明是迷你兔，轉眼就變成像小型犬一樣大。之後我開始一個人生活，鰤魚也一起跟著搬家。我並不是怕室友把圓滾滾的鰤魚抓去做菜，而是我這位室友在舊金山郊外買了自己的家，決定和女友一起生活。

我的生活從有室友轉變成一個人獨居。雖然房租的負擔增加，但對鰤魚來說，這個環境更好。以前有大半的時間都在籠子裡度過，現在可以放養在房間裡了。工作結束回到家，一開門鰤魚就坐在門口。不知道是不是聽腳步聲就認得出來，每次牠都會在門口迎接我。

可愛的鰤魚已經過世了。我聽說兔子可以活將近十年，但我和牠只一起度過一年多的光陰，牠的生命非常短暫。或許是我沒發現牠已經生病也說不定。在鰤魚過世前幾天，牠比平常更黏我。我坐在沙發上敲打電腦鍵盤的時候，牠還跳到我的膝蓋上，陪我一起打字。牠很健康。我以為牠很健康。然而，牠卻突然被病痛折磨。

我當時有很多工作同時進行，私生活也過得很充實。幾乎都沒有待在家裡。某天剛好我在家的時候，籠子傳來喀噠喀噠的聲音。我一看，發現鰤魚出現痙攣的症狀。我心想：得帶牠去醫院才行！我把車開過來，也打電話給有養寵物的朋友。因為我想有養寵物的人，應該可以介紹動物醫院給我。

在等待朋友過來的期間，鰤魚的狀況急遽惡化。牠看起來實在太痛苦，我差點去廚房拿菜刀過來。我心想既然牠這麼痛苦，不如一刀給牠痛快。

不知道是不是感應到我有這種可怕的念頭，朋友不斷聯絡說他已經在路上，但正在塞車。我想如果去醫院或許還有救，所以抱著一線希望沒有去拿菜刀，反而對鰤魚說：「我朋友馬上來，我們一起去醫院吧。」但是鰤魚還是激烈痙攣、四肢扭曲，瞪大了眼睛。

牠用那雙眼睛看我，如此強烈的視線讓我覺得很恐怖，我想著「鰤魚啊，好恐怖喔，不要這樣看我」，然後悄悄移開視線，牠就走了。牠就這樣死了。牠死後沒多久，朋友便抵達我住的公寓。

我以前都不知道，失去寵物這麼痛苦。

朋友把悲傷的我帶到外面的咖啡店。鰤魚的遺體逐漸冰冷，而我也陷入深深的哀傷，朋友大概是看不下去了吧。

然而，即使坐在咖啡店裡，我還是會想起鰤魚。我想起牠一臉美味地吃著紅蘿蔔，吃到嘴巴旁邊都變成橘色的樣子。

「嗚……我的小鰤魚……」

我淚如雨下。順帶一提，那位朋友是男生。在夜裡的咖啡店，面對面而坐的男女。女人一直低著頭，偶爾流眼淚。怎麼看都像是在談分手的情侶。雖然覺得讓朋友處於這種如坐針氈的情況很抱歉，但我的眼淚實在停不下來。

其實，我以前覺得寵物不過就是一種動物。所以坊間說的寵物喪禮，對我來說是有點過頭了。我甚至覺得那只是商業行為。

然而，事實上並非如此。真的不是這樣。既然喪禮是為了活著的人而辦，有人為了失去寵物而悲傷，那就需要寵物喪禮。因此，朋友的貓咪過世時，我才會突然說出：「妳願意的話，我可以幫忙舉辦喪禮。」

貓咪的喪禮

朋友聽到我這樣說，很高興地說：「那就拜託妳了！」但這下換我頭痛了。

我沒有想太多，僅憑一時衝動就說了大話，但我連喪禮要怎麼辦都不知道。應該是說，我手邊什麼都沒有。沒有法衣、經文，連佛珠也沒有。在這種狀態下，我是憑哪一張嘴說要辦喪禮啊？雖然連我自己都嚇一跳，但一言既出駟馬難追。

我回想父親以前操辦葬禮的過程，以前如果接到信徒聯絡，父親就到往生者的枕邊念經，之後還會守夜、舉辦法事。我決定要用一樣的方法。話雖如此，我手邊什麼也沒有。總之，我先到附近的花店買花，前往朋友家。

失去貓咪的這位朋友是日本女性，她對我來說就像是在美國生活的前輩。一抵達她的公寓，我就在矮櫃上擺祭壇，貓咪就躺在毛毯上。周圍排列著其他朋友帶來的鮮花、蠟燭以及鮪魚生魚片。

我在那裡念經，但我手邊根本沒有經書。

雖然我不是那種耳濡目染不學自通的人，但我有想起小時候背的短偈文（順帶一提〈三誓偈〉又叫做〈重誓偈〉），我用這段經文完成枕經、守夜和整個喪禮。真的是很短很短的經文。

在朋友夫妻和其他幾位友人一起參加的喪禮中，我僅憑記憶背出這段短短偈文時，突然想到一件事。「說不定我就是為了幫這隻貓咪辦喪禮而取得僧籍。」

與「機制」相遇

我們辦的這場喪禮雖然悲傷，但是非常溫暖。喪禮之後每七日要作七，直到第四十九天完成滿七之後，每個月都會在貓咪去世的那一天掃墓。那百日呢？可能會有人好奇百日的法事，但我並沒有辦。因為我連百日要辦法事都不知道。

我單憑模糊的記憶，硬擠出父親以前做過的事，覺得自己總得做點什麼。我只是抱著這種想法，很勤快地到朋友家去辦法事。

這段時間，我仍然處於父母不認可的離家出走狀態，但畢竟是佛家的事，所以在辦完貓咪的喪禮之後，我馬上打電話回老家，請老家送法衣、經書、佛珠等用品給我。

收到經書之後，我拿去影印再用釘書機裝訂，簡單製作幾本經書，掃墓的時候帶過去讓大家一起念經。後來，我們就這樣迎來貓咪逝世一週年的日子。我像平常一樣唱誦完《佛說阿彌陀經》還有〈正信偈〉之後，朋友對我說：「謝謝妳。」

「謝謝妳，救了我。」

「妳每個月都來家裡誦經，還影印經文給我。不過，我其實不知道經文的意義。雖然不知道意義，但我還是得到救贖。謝謝妳。」

然後，她接著說：

「以前都不知道有這些東西存在，所以也不覺得需要，但其實我真的需要。不過，就算沒有發現這個需求，一定也有很多其他人會需要的。光是一起念經，我就覺得得到救贖，妳要不要開始辦個抄經會？」

一向輕易許下承諾的我，輕鬆地回答「OK」。不過，現在回想起她的話，真的不得不驚訝隱藏其中的背景。

她說「不知道有這些東西存在」。不知道叫做什麼，也沒有具體樣貌，但是的確有某個和自己相關的東西存在。和自己有連結，就表示受到這些存在的「機制」影響。這樣說好像有點難以理解，真是抱歉。

如果用比喻的方式來說，這就像是季節一樣。日本有美麗的四季。譬如說春天。春天這個季節本身沒有型態，所以無法用肉眼看見。但是為什麼我們知道春天存在呢？

因為我們受到春天的「機制」影響，所以知道春天的存在。譬如空氣柔和溫暖、百花盛開等「機制」。我們脫下厚重的大衣、看見櫻花綻放，就知道春天來了。

也就是說，她遇見了這樣的「機制」。因為這個「機制」，讓她遇見過去不知道的「存在」。她遇見的「機制」，成了她的救贖。

失去家人般的寵物貓咪，深陷悲傷之中的她遇見自己的救贖。這份救贖並不是讓貓咪重生這種實現願望般的救贖。如果貓咪真的能重生又怎麼樣呢？結果只是延後悲痛的時間點而已。即使現在復活，貓咪總有一天會死。

她遇見的救贖，是一種可以消除眼前苦惱、非暫時性的完整救贖。而她自己本來並不知道世界上有這種獲得救贖的方式，所以才會覺得不需要。

然而，她還是遇到了。而且是不小心遇到。當初完全沒有抱以任何期望！畢竟她根本不知道有這種方法，所以也不會有任何期待。

遇見救贖、受到「機制」影響的她，後來怎麼樣了呢？

譬如受到看不見的春季「機制」影響，我們就會開始行動。像是脫掉大衣、收拾暖爐。那麼她怎麼做呢？

她對我提議：「妳要不要開始辦個抄經會？」

她想讓那些連有「這種存在」都不知道的人，了解「這種存在」的「機制」。

這是她心中所願。

但當時我根本沒想這麼多，就輕鬆地回答「OK」。更進一步說，她自己大概也沒有想這麼多。這樣說對她好像有點失禮就是了。

不過，她不是淨土真宗的信徒，甚至也不是佛教徒，但她不經意的一句話令我深思。每次想到她說的話，都讓我不禁思考，讓她說出這番言論的「存在」究竟是什麼。

不僅如此，強烈建議我抄經的她，為什麼不會想要自己抄經呢？

我有很長一段時間都覺得很疑惑。不過，現在我知道了。她是為了我才會這樣提議。如果她自己開始抄經，我就不會接下去做了。那後來到底發生什麼事呢？

在開辦「抄經會」之前

就結論來說，我在美國舊金山舉辦大家一起抄寫經文的「抄經會」。而且，我不只因為抄經會成為一個不是紙上談兵的真正僧侶，還發現我真正的避風港。真的是世事難料。雖然三言兩語就說完，但開辦前的準備真的很艱辛。我甚至覺得，能以《開辦「抄經會」》這個標題，寫成一本書。

到底是哪裡困難呢？

主要是工具、地點還有我自己這三個部分。

在貓咪逝世一週年的祭儀上，輕易答應開辦抄經會的我，就這樣前往中國城。因為我對抄經的聯想就是抄經↓毛筆↓中國↓中國城。

但我真的太天真了。舊金山中國城擁有全世界屈指可數的超大規模。以為可以輕而易舉在這裡找到毛筆和硯臺的我，一抵達現場就知道自己想得太簡單了。

這裡雖然有毛筆店，但那是專賣店。如果買二十枝毛筆，下個月就付不出房租了。中國城也有賣硯臺，但是上面充滿精美的雕刻，感覺是可以當成傳三代的珍品。未免也太奢侈了。我問過有沒有更簡單、更便宜的款式。結果對方推薦巴掌大小的硯臺組合，就是觀光景點裡面拿來當作伴手禮用的那種。而且一組還要二十五塊美金。太貴了。更何況尺寸太小，一點也不實用。明明有這麼多毛筆和硯臺，卻沒有非工藝品、紀念品，簡單又便宜的商品。

我沒想到工具會這麼難找。原本精神抖擻地來到中國城，現在渾身無力地拖著腳步走。

此時，映入我眼簾的是一個寫著「書」字的招牌。我想這一定是和書法有關的店。我受到招牌吸引，沿著階梯往下走進混合大樓的地下室。結果，宛如仙人的老爺爺正準備關店。

等一下！等等我！讓我看一下店裡的商品！我一腳踩進關到一半的店門，身體鑽入門板的縫隙，就這樣進到店裡。

有耶有耶，有毛筆！

而且價格只有一位數。雖然已經要關門，但是看到闖入店裡，開心抓著毛筆的我，不知道為什麼，老爺爺也笑著一把抓起毛筆。仔細一看，發現價格不一樣。老爺爺手上的毛筆貴了一塊美金耶。好啦好啦，算妳便宜啦！老爺爺給我一點折扣。順便連當時百分之八點五的稅金都打折了。而且，當我說需要墨汁的時候，老爺爺還帶我去賣便宜墨汁的商店。

更讓我驚訝的是，老爺爺一直等在門外，直到我離開那間店為止。他問我有沒有買到想買的東西，所以我讓他看看塑膠袋裡的墨汁，結果他非常高興。我並不是第一次出門買東西，而且又已經是大人了，這反倒讓我擔心，自己難道看起來這麼不可靠嗎？但同時又覺得對方為我這個素昧平生的人擔心，真的很溫暖。老爺爺，謝謝你。

不過，我走到鐵腿，花半天在中國城奔走，只買到十枝毛筆和五瓶墨汁。因為超過預算，所以只能買十枝毛筆。硯臺呢？宣紙呢？雖然我也知道還有缺，但光是找一項工具就弄成這樣了。真的很辛苦啊！

找場地的時候也碰到難題。雖然我輕易說出「OK」，但場地要怎麼辦？

我當時獨居的公寓，位於貧民窟。題外話，幾年後日本電視臺來採訪時，必須把攝影機放在開了孔的紙袋裡拍攝。這裡危險到不能把攝影機拿在手上拍攝。節目播出之後，據說傳出「不能讓重要的員工到那種危險的地方去！」的意見，在公司內部演變成一個大問題。實際上，在日本販售的旅遊書中，把我住過的那一區用紅線框起來，慎重警示「就算是白天也不要去」。

更慘的是，那間公寓是studio，也就是日本說的單人房。房間裡坐四個人就擠滿了。所以很遺憾，我的房間也沒辦法當成抄經會的會場。

不過，沒關係。我曾經在日系電視臺擔任主持人，自己說有點老王賣瓜，但我還算交友廣闊。只要問問看工作上有往來的人，應該就有辦法了。真的很簡單。但實際上拜託別人之後，發現又是一個難題。因為我需要的條件太嚴苛了。

1. 要有桌子和椅子，必須是適合書寫的環境。

2.大家難得聚在一起，我希望能在抄經之後一起喝杯茶。所以，場地也必須要有熱水。

3.免費。因為我沒錢啊！

而且我還加上必須是大眾交通工具能抵達的地點這種條件。真的是厚顏無恥。不過，從小就被人家說臉皮厚的我，還是不知羞恥去拜託別人。大家對我非常友善，也很願意幫忙。有人爽快地說可以提供自己的住家，也有人一起幫忙找場地，真的很感謝。雖然很感謝，但是實在很難找到適合的地點。真的很遺憾。

但是不知道為什麼，我就是很確定「一定找得到」。明明毫無憑據耶。生性樂觀也要有個限度啊！

就在這種狀況的某天下午，我在美國視為母親的S打電話來。

「這個週末要不要一起吃個早午餐？」

剛好那個時候亞洲美術館正在舉辦「手塚治虫展」，所以決定在美術館的咖啡店吃飯。那個週末，我們在咖啡店吃著蕎麥涼麵沙拉，互相報告近況，閒聊各種最近發生的事。

「我想說要辦抄經會，結果沒有場地。問了很多人，但就是沒有找到有桌子、有熱水能泡茶的地方。」

簌簌簌簌……（吸蕎麥麵的聲音）

「來我們店裡辦怎麼樣？」

簌簌……

「……咦？」

蕎麥麵從嘴裡滑出來。

「妳願意的話，可以用我的店面。不過，活動要讓我參加喔。」

地點就這樣爽快地決定了。

S媽媽的餐廳位在交通便利的黃金地段，是一間風格沉穩又低調的店。因為是餐廳，所以當然有桌椅和熱水！而且，還是免費的！這是最理想、最完善的場地了。真是遠在天邊近在眼前。S媽媽，謝謝妳！

然而，我沒想到會這麼輕鬆就找到場地……嚇了我一跳。

什麼都不懂是無法抄經的

找工具、場地都很艱難，但是和我自己這個第三大問題相比，根本不算什麼。

那我有什麼問題呢？

其實我根本不是想都沒想就輕易說「OK」。我可是有靠山的。我知道老家大行寺有在辦「抄經會」，早就打好算盤，只要讓家裡的人把資料寄過來，再影印使用就好了。

因此，我打電話回老家。在非認可的離家出走狀態接近六年之後，家人已經不會突然掛我電話了。雖然不認同，但也不會把我趕走。而且這次我是拜託他們寄「抄經會」的資料，父母應該也會感到高興吧？說實話，我甚至覺得，父母應該會稍微認同一下提出這種要求的女兒。是說，父母究竟怎麼想我不知道，但是資料倒是立刻送來了。

打開A4大小的信封，裡面裝著我期盼已久的資料。迅速拿出資料閱讀一遍之後，我震驚萬分。完全看不懂啊！

譬如說「南無阿彌陀佛」。

我當然知道這是在念佛號。我從懂事之前就會坐在正殿雙手合十念佛號。不過，如果來參加「抄經會」的人問我「南無阿彌陀佛是什麼？」我還真的答不出來。「淨土」也一樣。淨土又稱「西方極樂淨土」。那淨土就是在西邊囉？如果一直朝西走，最後會回到原點。因為地球是圓的。那「淨土」到底在哪裡？應該是說，淨土是什麼？

經文裡充滿我不懂的東西。我自己都不懂，怎麼有辦法一臉很了解的樣子發影本給大家？

從那個時候開始，我才第一次面對佛教。我請家人從日本送來佛教的教科書，認真學習，但我還是不太明白。我以前國小、國中、高中的國語成績都還不錯。即使擅長國語的我，都無法理解佛教的教科書。誰對誰做了什麼？沒辦法讀出這些訊息，也無法了解言外之意。我希望經文可以寫得再更清楚一點。

剛好在那個時候發生了一件事。我工作的電視臺，因為建築物老舊而必須搬遷。沒想到搬遷的地點……竟然是寺院！

租到的地方是據說有十個宗派的淨土真宗之一，本願寺派的母體「美國佛教團」。大家可能會疑惑美國怎麼會有寺院，不過美國佛教團從明治三十二年（一八九九年）就開始在美國境內活動，擁有超過一百二十年的歷史。

不過，這到底是怎麼回事？怎麼會有這種超展開！

就好像已經看準我會在美國對佛教產生興趣一樣，電視臺竟然搬到寺院建築物裡面！

令人開心的偶然還沒結束。當時剛好遇到年末，社長指示：「新春的特別節目，就去採訪北美開教區的開教總長吧！」接著，來到錄影當天。在聊天的時候，我不經意提到打算舉辦「抄經會」，但是自己搞不懂佛教，看書也看不懂，書裡面經常出現的阿彌陀佛到底是什麼啊～

結果，開教總長一副傷腦筋又覺得很有趣的樣子說：「妳不知道阿彌陀佛啊？」

「對，我不知道，所以請聊一聊阿彌陀佛吧！」

咦？一陣混亂之中是哪個傢伙啊？竟然拜託開教總長這種事情！

然而，對方接著說下去的話就更猛了。

「我可以教妳，等工作結束之後，就留在這裡吧！」

咦！可以嗎？

結果我就這樣開始豪華又令人感恩的課程。雖然對方很親切地這麼說，但人家不只要飛遍全美，還經常要到日本出差，能夠獲得定期授課的時間，根本就是不可能的事情。真的是難能可貴，我心中感恩再感恩！

而且，對方總是一直到我工作結束之前，待在總長辦公室等我。因此，聽講的那一天，我只要工作結束就會立刻閃人，前往「美國佛教團」總部的大樓。舊金山有很多地方都有上下坡，我小跑步，喘著氣前進。我就連自己當時的呼吸都還能鮮明地回想起來。同時，我也在想，當時讓我動起來的「機制」究竟是什麼？到底是什麼讓我採取當時的行動呢？

就這樣，我在到美國的六年後，終於開始在舊金山舉辦「抄經會」。地點是卡斯楚街上漂亮的餐廳──S媽媽的店。毛筆、硯臺、墨條、墨汁、宣紙等工具都湊齊了。資料也準備好了。我們要抄寫的是親鸞聖人所寫的〈正信偈〉。

開始抄經會的時候，我只有特別注意一件事。那就是盡量消除宗教色彩。我希望大家是以〈正信偈〉為手段，度過和自己相處的時間。我因為在美國開辦「抄經會」，接受報社的採訪。記者問我目標是什麼，我記得自己馬上回答：「沒有什麼目標耶。」因為這並不是前往目標的路上，經過的一個點，也不是為了獲得什麼才做這件事。一切是因為幫貓咪辦的喪禮緣分，才偶然開始的。

我逃離寺院卻在美國成為僧侶

雖然「抄經會」每個月只辦一次，但是因為這個抄經會以及參加者，讓我真正成為僧侶。

當然，開辦抄經會的時候我就是一名僧侶了。不過，那只是徒有僧籍，就像紙上駕駛一樣，和我的生活、人生毫無關聯。辦幾次抄經會之後，我才發現自己並不是和佛教的教誨有所連結，而是從中獲得了生命。

不僅如此，參加抄經會的成員也提出「我們來興建寺院」的意見。

咦？這是什麼超展開！

寺院各有創立的歷史背景和地域差異。因此，沒有所謂統一的標準。不過，我就是在寺院出生成長的人，這樣說雖然聽起來很蠢，但我一直覺得有寺院是一件很正常的事情。以現在的說法，就是「寺院優先」。譬如大行寺，首先要有寺院。然後有信徒或者來參拜的民眾。

但是後來因為「抄經會」，讓我開始反思，真的是這樣嗎？也就是說，首先要有人才對。要有那些拚命活著的人。

他們為了什麼拚命？當然是為了對自己有利的東西拚命。拚命抓緊「短暫」、「虛假」的依靠，就這樣活著。這麼一來，當然會有碰到瓶頸的時候。再加上對自己有利的東西會一直改變，所以最後就會變成迷失人生方向的人。

〈正信偈〉只有短短八百四十個字，濃縮了親鸞聖人自己遇到的佛教教誨與箇中「機制」。也就是說，我在不知不覺中接觸了親鸞聖人體悟到的教誨。那並非「短暫」、「虛假」的依靠，而是真正的避風港。

如果親鸞聖人親身體悟的教誨就是真正的避風港，那麼阿彌陀佛、寺院就是把眼睛看不見的教誨，化成有形的樣貌。我們舉辦「抄經會」的過程中，越來越像是一間寺院的集會。

不過，當時只有每個月一次辦抄經會的時候才能接觸阿彌陀佛的教誨「機制」。如果有一個需要時隨時都能接觸阿彌陀佛的地方就好了。因為有這樣的意見，所以才衍生出興建寺院的行動。

然而，從寺院離家出走的我，竟然要在美國興建寺院？真是太驚人了！

❖ 教訓

煩惱就像雲和霧。它會飄進心中，覆蓋真實。我們會因此迷失人生的方向。不，其實我們根本不會發現自己迷失或身處於黑暗之中。直到光線照進來、打破黑暗，才會發現——啊，原來自己以前曾經迷失，曾經在黑暗之中。同時，我們也會知道，如同雲霧之上有太陽一樣，也會有光芒包圍黑暗。

第五章

淨土

活在「當下」

我跑回日本了！

今年夏天，我從美國回日本已經滿十年了。

咦？那興建寺院的事情呢？

是說，怎麼會在日本啊？

不是說打算在美國終老，還為此取得僧籍嗎？

雖然是我自己的決定，但可以吐槽的地方實在太多了。

其實，我是因為老家的關係才回到京都。我離家出走到美國九年半之後，原本要繼承家業的弟弟，離開寺院了。我不知道緣由。雖然有很多可能，不過那些都只是我瞎猜。事過境遷，都已經過了十年，弟弟想離開的原因說不定早就變了。而且，理由其實根本無所謂。那不過就是一個契機而已。實際上，弟弟離開的時候帶走大量的居家生活用品，離開前還打電話給我：

「老姊，我不喜歡寺院，妳回來繼承吧。」

弟弟說的話言猶在耳。

不要簡單一句話就改變我的人生啦！

我記得我氣到快爆炸，差點不知不覺提高音量的時候，想起小時候弟弟說過的話。

「我沒有未來。」

打從一出生就註定要繼承寺院的弟弟，不能像其他擁有許多夢想的小孩一樣，擁有對未來的憧憬。

雖然我們是姊弟，但是他和我這個因為不喜歡相親就離家出走的姊姊相比，立場和壓力程度都不同。我一想到他在這樣的狀態下多麼拚命、忍耐、努力走過來，就沒辦法口出惡言，把想說的話全都吞回肚子裡。取而代之，我唯一能問的就是：「你要是離開寺院，就再也不能回來了。這樣也沒關係嗎？」

我不想讓自己的立場變得為難，所以我並沒有想要挽留弟弟。我只是純粹擔心弟弟而已。我不希望他是因為一時的情緒，走上自己不喜歡的人生路。

但是，弟弟堅定地回答：「我不會回去，這輩子也不會再見面。爸媽就拜託妳了。」過去自己任性妄為的心虛感作祟，讓我沒辦法再多說什麼。

父母知道我打算在美國興建寺院，所以在弟弟夫婦離開寺院之後，也只是要我繼續在美國努力。想當初我離家出走時，明明還互不相讓，甚至展開壯烈對決呢。

我一方面很高興父母尊重我選擇的人生，也願意支持我，另一方面也覺得這樣的父母很讓我驕傲。已經事過境遷，所以說出來也沒關係，其實父親打過很多次電話給我說：「接下來要怎麼辦啊？妳回來吧！」我並沒有被這句話影響。雖然我的故事不像夏目漱石的《草枕》那樣，不過可以引用其中的名言——「執著於理則鋒芒畢露，沉湎於情則隨波逐流」。

如果只是撥著算盤靠大腦判斷，人生會非常無趣冷清，但是過度重情重義又會難以決斷。不過，即使沒有撥算盤，當初回日本的選擇本來就很不合理。畢竟我可是虧大了。不只是虧損而已，還是大虧特虧。

雖然我們家的寺院是重要文化財，但也不是什麼觀光寺院。再加上信徒又少，父母以公務員的身分工作，拿到的薪水全都用掉也只能勉強營運。只要和信徒一起辦紀念親鸞聖人的報恩講等法會，寺院就會虧損，父母都是拿個人的存款在填補赤字。如果繼承寺院，為了維持營運，我也沒辦法接其他工作。

不僅如此而已。寺院、僧侶這個業界是父系社會。儘管我在美國辦過「抄經會」，我仍然是佛教初學者。

而且，日本和美國的生活不同。當初剛到美國連維持生計都很辛苦，但住了將近十年之後，生活已經很穩定了。雖然不是過得很奢華，但每天也不愁吃穿，還有像家人一樣的朋友。不僅如此，那裡還有要一起在美國興建寺院的同志，也有支持我的人。無論身心，都非常滿足。

兩者真的完全沒辦法比較。要是回日本，絕對是一大虧損！

但我還是選擇回日本了。我走下很多人一起抬起的「興建寺院」的神轎。感覺就像把重要的夥伴和老家放在天秤上衡量一樣，很不好受。我最先把決定回日本的事情告訴「抄經會」的成員。有人生氣，也有人哭。但是，大家最後都溫暖地推了我一把。

雖然寺院沒有建成，但「抄經會」仍然在美國繼續辦下去。我回到日本都已經十年，抄經會還在辦！真的很驚人。

為什麼我會不惜背叛重要的人，選擇一個對我不利的選項呢？

背後有很多原因。因為「對自己有利」而逃到美國，結果到了美國仍然為了「對自己有利」而被耍得團團轉。我知道那有多痛苦。所以，就算會虧損，我也不會再去追求對自己有利的東西了。這一點千真萬確。不過關鍵還是在於「抄經會」。

「抄經會」帶給我的思考

「抄經會」衍生出興建寺院的行動，也就是說抄經會本身已經具有寺院的功能了，抄經會的成員對我來說，就像老家寺院的信徒一樣。

以前太過理所當然所以從未深思信徒與寺院之間的關係，透過抄經會反而讓我深思。

最近因為各種不同的緣分，有越來越多人自願成為大行寺的信徒，不過自古以來信徒都是因為家庭和寺院之間有緣分，才會和大行寺結緣。譬如偶然出生在這個家庭或者嫁到這個家，才和大行寺有連結。這是超越自己的利益和算計的緣分。我覺得這一點很神奇。

雖然為數不多，但是因為有這些信徒庇護，才有現在的大行寺。現在因為寺院一家的關係，繼承人選擇離開，不僅非常不負責任，也是很失禮的行為。我覺得必須面對這件事，所以才會採取行動。

還有，我的父母也是原因之一。大行寺原本沒有孩子，父親是同為佛光寺派的寺院次男，被大行寺收為養子之後和母親結婚。據說父母繼承大行寺的時候，寺院一片荒蕪，是這一帶居民口中知名的「破落寺院大行寺」。我記得小時候只要下雨，正殿裡就會擺滿鍋碗瓢盆。每年，寺院都要修繕，譬如幫漏雨的正殿修葺屋頂。現在回想起來，父母大概是拿到獎金，就會拿來用在這些修繕工程上。我從小看著父母拚命營運這間寺院，真心希望他們能在大行寺的榻榻米上終老。這是我身為兒女的願望。

我對父母、對信徒產生這樣的想法。因為義理和人情，我選擇回到日本。

我已經厭倦把錯推給別人了

對，我選擇回到日本。夏目漱石也在《草枕》中繼續說：「強執己見又自縛於一隅。總之，人世難居。」身為寺院的女兒，為了爭一口氣回到闊別十年的京都，真的是人世難居啊——真的好累。

回到日本，我只要求自己一件事。那就是不要把錯推到弟弟身上。

回日本不是誰的錯，而是我自己的判斷。是託弟弟的福，才有這樣禮物。無論發生什麼事，都不能說弟弟的壞話。沒錯，我很堅定地這樣宣示。

因為只要把錯都推給弟弟，那一瞬間就會推翻我在美國的過去和今後的未來。

回想起來，從大學考試落榜開始，我就一直把錯推給別人。沒能考上想去的大學，都是家教老師教得不好。在美國過著極度貧窮的生活，也是因為父母硬要我去相親。明明是自己的人生，我卻把錯推給別人，要別人負責。真的很空虛。

我放下在美國過著節約生活而獲得的一切，選擇回到日本。我再也不想把錯推到某個人身上，用賭氣、非出自本意的方式消費自己的人生了。我在自己的判斷之下，決定回到日本。雖然是一件枝微末節的小事，不過當時父母曾說要幫我出機票和搬家的錢。雖然是父母主動說想要出這筆錢，但我拒絕了。其實，我真的很想要這筆錢。然而，一旦我收下這筆錢，接下來如果發生什麼難過的事，我就會心想：

「自己當初是為了父母才回來的。」但是我不喜歡這樣。我希望這是在自己的判斷、決定之下，用自己的錢回到日本。

我三十八歲的時候回到京都。但是，回到京都之後真的很辛苦。簡直就是身陷人生谷底。我再重申一次，當時我三十八歲了喔。而且沒有工作又單身。闊別日本將近十年，我必須從頭開始建構社會生活。雖然自殺這個詞不能隨便亂用，不過，如果說斬斷在美國建立的社會連結代表死亡，那我還真的是在自殺。

儘管我已經做好這種程度的心理準備，但實際上還是超越我的想像。只要一個不小心，就會心生「都是弟弟的錯……」這種想法。

這種時候支撐心靈的就是我最重要、宛如避風港的義理和人情。

當然，世界沒有這麼簡單。不，表面上很簡單。大家都會說一些溫暖的話。「妳弟和弟媳離開家，妳一定很辛苦吧！還好嗎？」嘴上雖然這樣說，但眼神毫無笑意。別人的不幸，就像蜂蜜一樣甜美。義理和人情不過就是空中畫大餅，我已經了解到社會的現實。

不僅如此，就連知道我有多辛苦的親戚都到處說「那傢伙一臉自己是救世主的樣子」，我真的很受傷。

聽到這些話真的很痛苦。我明明就已經犧牲自己，這麼努力、拚命做了……我覺得自己就快要被悲憤、不甘心、怒意、不被親戚理解的孤獨感壓垮。

但是，親戚說的話沒有錯。

我的確覺得自己犧牲在美國的生活和自己的人生，拚命撐起大行寺。我到底在拚命什麼？

那是我的想法。我是為了自己的想法和自己想做的事而拚命。大行寺有危機！為了信徒，我必須承擔責任！還要回報父母的養育之恩！

……這的確是救世主心態。還真是妄自尊大。我拚命揮著義理人情這把利劍，看起來既淒涼又悲哀。

不過，我也只能握緊這把劍了。我拋棄一切回到日本，但現實比想像的還要嚴峻。

因為弟弟和弟媳把所有生活用品都帶走，所以從樓梯的燈泡到蓮蓬頭等居家生活要用到的東西都空空如也，只留下父母兩人。父母的失落感，連我都無法想像。弟弟和弟媳離開之後，出入大行寺的業者設身處地為我們感到憤慨，令我印象深刻。「您父母這麼疼愛令弟夫婦，這樣實在太過分了。」還有大男人為此哭泣，讓我再度了解到父母的苦楚。

你看，真的是人生谷底吧？

就像怎麼切看起來都長得一樣的金太郎糖。無論切哪裡，都會有問題跑出來。我自己的問題、弟弟的問題、父母的問題、寺院的問題，到處都是問題！

Noooooooo!!

我真的覺得自己會死在人生的亂流之中。雖然沒什麼好比較，但是用譬喻來說的話，離家出走去美國的時候，就像是在有救生員的游泳池溺水一樣，而回到日本之後，就像是被放逐到冬季的日本海上，然後還溺水。不僅如此，回頭看看四周，家人也都呈現溺水的狀態。沒有救生艇，也沒有游泳圈。可憐啊，難道我們會隨著大海裡的海藻碎屑消失嗎……

最後是佛教救了當時的我。

在美國辦了貓咪的喪禮，後來又開辦「抄經會」。我以為因為抄經會，自己已經遇見佛陀的教誨了，但其實那只是發現有這樣的東西存在而已。相較之下，回到日本之後遇見佛陀的教誨，非常具有衝擊性。在那之後，我就深受佛教吸引。

（現在才）了解佛教

佛教就是佛陀的教誨，更進一步說，就是成佛的教誨。這麼一說，感覺「成佛」就是目標，我們要朝著這個目標前進。因此，我們在思考佛教的時候，最大的問題就是朝目標前進的方法和態度。所謂的方法就是閱讀經文、坐禪等修行。態度則是指對他人溫柔、不發怒、成為一個善人。

回到我打算在美國興建寺院的時候。

我調查了登記寺院的方法等資訊，了解到要興建新的寺院必須取得成為住持所需的教師資格。雖然名稱一樣，但是這和在學校教書的教師資格不同。

我所屬的淨土真宗佛光寺派要取得這個資格，必須參加兩次一年一度為期一週的結夏安居再接受考試，所以我暫時回日本一趟。那是我到美國之後，第九年的夏天。

那次結夏安居，有件讓我難以忘懷的事情。研習的時候會學習真宗學、佛教學、佈教、讚辭、冥想法式、法規等，每一科都各有考試。如果沒有合格的話，還要補考。如果補考也沒過，那就要再多上一年的課。大家都在教室裡拚命自習，為倒數第二天的考試做準備。

雖然怕打擾別人用功，但是因為有不懂的內容，所以我開口請教坐在附近的前輩。結果對方還非常親切地告訴我考試的重點。我覺得很有幫助也很感謝對方，但突然想到，在他教我的這段時間，本來是可以自己讀書的。

而且一起參加考試的我，就某個層面的意義來說算是競爭對手。既然如此，為什麼要毫不藏私地告訴我自己學到的東西呢？我或許是個算不上對手的存在，但我還是覺得很不好意思，所以便直接問了。結果，對方的回答讓我很驚訝。

「因為這不是一個只要自己衝第一就好的考試啊。」

……對不起。我一直覺得要衝第一。

考試不就是這樣嗎？努力再努力，拚命讀書，多爭取到一分也好。排名稍微高一點也好。考試戰爭這個詞已經出現數十年。我聽說最近就連幼稚園都競爭激烈。這些孩子都還是幼兒，在世不過短短幾年，就被迫加入考試戰爭。既然連幼兒都在戰鬥，那僧侶的世界也一樣。我是這樣想的。

既然有「成佛」這個目標，身為學佛的人，要朝這個目標前進，就必須在結夏安居的考試獲得更好的分數。我想要比其他人更出類拔萃。為此，雖然不需要去扯別人的後腿，但我也要拔得頭籌搶到第一才行。我要正大光明搶第一！

他對這麼想的我說，這不是要爭第一的考試，還接著說：「重要的不是考試的結果，而是和夥伴一起學習的過程。」

啊，真是可恥。如果地上有洞我真想鑽進去。如果沒有洞的話，我想要自己挖一個鑽進去。我把重要的夥伴，當成對手了。同時，我又有種不對勁的感覺。我以為的佛教，和我現在學到的好像不一樣。佛教難道是沒有目標的嗎？

我在心中懷抱這個疑問，隔年參加了第二次的結夏安居。那剛好是我被丟進日本海，呈現溺水狀態的時候，也是問題層出不窮的時候。早已適應加州乾爽氣候的身體，直接迎來日本的夏季。

飛機艙門打開的那一瞬間，流入熱帶般既沉重又溫暖的空氣，等我回過神來的時候已經流鼻血了。後來到醫院才知道，我的免疫力明顯降低。

我本來就是因為老家有問題才回日本，而且是緊急從國外搬回來。不斷累積疲勞之後，肉體和精神都殘破不堪。但是結夏安居一年只有一次。錯過這次，下次就是一年之後的事了。雖然差點就被醫師阻止，但是我不想浪費一年的時間，所以打完點滴就繼續回去上課了。

堅持、毅力、努力！我光靠這些，就在美國活下來。「為則成，不為則不成，事在人為啊！」我用爬的也要爬去結夏安居。在那裡，遇到讓我大受衝擊的一句話，也從此深受佛教吸引。

在那之前，容我先說一小段故事。〈王舍城的悲劇〉是一則廣為人知的佛教故事。

王舍城是印度摩揭陀國的一座城。這個國家發生一起慘案。王子阿耆世將父親頻婆娑羅關進大牢。王妃韋提希偷偷為丈夫準備食物，但是被阿耆世發現，差點就被殺死了。後來在家臣的幫助下，韋提希驚險留下一命，但頻婆娑羅還是被自己的兒子殺害了。非常悲慘，真的很慘，完全符合〈王舍城的悲劇〉這個標題。無論古今中外，聽到這個故事都會覺得是場悲劇。

在那場悲劇之後，時間來到日本的鎌倉時代。開創淨土真宗的親鸞聖人在自己的著作中提到〈王舍城的悲劇〉：

「淨邦緣熟，提婆達多唆使奢世殺親。」

淨邦就是指淨土。這句話的意思是因為前往淨土的時機已經成熟，所以提婆達多才會利用阿奢世殺害父親。

我非常驚訝。這種驚訝說是受到衝擊也不為過。這個任誰聽到都覺得是悲劇的故事，親鸞聖人卻認為是因為前往淨土的機緣已經成熟。說實在的，佛陀的教誨之類困難的內容，我完全不懂。我當初也不明白這句話的意思。但是，在驚訝的同時，這句話也震懾了正在聽講的我。

即使是世界毀滅般的悲劇，也曾經有人用「機緣已經成熟」來接受現實，這一點成為我強而有力的支柱，也讓我得到救贖。同時，把我拉進佛教的懷抱。到底是怎麼回事？佛教不就是單純在講一些教化故事嗎？

這個想法又讓我產生新的懸念。真正的佛教，到底和我以為的佛教有什麼不同？

真正的佛教

隔年第二次結夏安居，在本山佛光寺接受佈教使考試的時候，那個懸念變成一大關鍵。

佈教使就是闡釋佛法的人。佛光寺派有佈教使的證照，必須在參加研習之後，通過闡釋佛法的技術考試與教學上的口試。

但是，我本來並沒有打算成為佈教使，只是剛好結夏安居時一起出席的老師們強烈建議我去考試，所以沒有想太多就去考了。雖然我輕鬆答應，但是報名之後我才發現事情沒有那麼簡單。

但是，為時已晚。我人生中最緊張的考試就是闡釋佛法的口試。明明在開始說法之前，早就已經定好敲缽的次數和強度，但是因為太緊張，手抖到差點把敲缽的缽棒甩出去。

看到我這個樣子，前輩們紛紛異口同聲地說：「冷靜一點，這又不是要把人刷掉的考試。」

咦？等一下！

如果不是要把人刷掉，那幹嘛要考試？

考試背後的原因是這樣的。重點不是合格，而是和大家一起努力。為了讓本人有所自覺而辦考試，然後再慢慢培養能力。所以，前輩要我安心參加考試。

自出生以來，我參加過各種考試，但從未聽過世界上有那種不是要把人刷掉的考試。從第一次參加結夏安居時就累積的種種疑惑，像雪球一樣越滾越大。

為什麼佛陀的教誨不是要我們朝目標前進？為什麼佛陀的教誨不是要我們拚命學會知識和素養？為什麼考試不用把人刷掉？

佛教越來越吸引我。

揭露人生的秘密

因此，我為了更了解佛教，從回到日本的隔年春天開始，就成為大學的旁聽生。

說實話，我不只是想了解佛教而已。而是我有需要。

我需要一種能力，能夠把「淨邦緣熟，提婆達多唆使奢世殺親」這種世俗認為的悲劇視為重要緣分的能力。我不敢把自己的煩惱和韋提希相提並論，然而，對於身處苦惱之中的我來說，這種能力是救贖也是避風港。我很需要。能讓親鸞聖人這樣接受現實的佛陀教誨，對我來說非常必要。

大學裡經常用到《真宗聖典》這本書。除了經文之外，還有收錄親鸞聖人的著作，內容非常豐富。簡單來說，這本書非常划算。啊，但這不是在討論划不划算啦。

手裡拿著這本書，讀到經文的內容和親鸞聖人的心得，讓我打從心底吃驚。

「咦？為什麼都在講我身上發生的事？」

那是一種很不可思議的感覺。雖然是一種模模糊糊的感覺，但是書中把我在美國生活體驗、發現到的事情，井井有條地用語言表達出來。就像是問題集後面附的解答本一樣，我陷入一種在對答案的感覺。「這裡面都有答案！」

換句話說，那就是在揭開人生的秘密。揭開人生秘密這句話，聽起來讓人覺得似懂非懂，不過就像前幾天看過的電影一樣，我非常認同，不禁直呼：「原來是這樣！」其實我從四年前開始就在《每日新聞》連載電影專欄，所以看過大量電影。之前看的一部電影，故事在結束前十五分鐘大翻盤。在家欣賞電影公司寄來的樣片DVD時，我忍不住回播。因為已經知道結局，所以早就破哏了。但內容仍然有趣，只是看電影的角度已經沒辦法像當初那樣了。之後再看一次，完全像是另一部電影。因為我已經知道答案，所以登場人物的對話和動作，全都有了不同意義。啊，原來是這樣啊。

佛教帶給人的啟發，就像揭開人生的秘密一樣。發生的事、身處的狀況等事實都沒有改變，但是因為已經破眼，一切都有了不同意義。

譬如說，當初因為討厭相親離家出走去美國。我一直覺得我有正當理由，是正義的一方。但是，父母這麼做也有符合他們價值觀的正當理由。彼此緊抓著自己的價值觀，才會因此產生衝突。

我當初為了在美國活下去做過各種工作，而且還不惜踹開別人，拚了命地工作。為了多賺一塊美元的小費而和同事爭奪客人，雖然很可恥，但我當時也有正當的理由。我英文說得不好、沒有家人支持也沒有錢，像我這樣的社會弱者只能拚命工作。我一直牢牢抓住這種想法。

為了拿簽證繼續在美國生活而成為僧侶，就是最極端的例子。我一直認為這對自己來說最有利，所以才成為僧侶，但僧侶不就是要放下這些執念嗎？我真的很想吐槽自己。

因為原本繼承家業的弟弟不想當僧侶而離開寺院，導致我只好回日本這件事也一樣。義理、人情說起來或許很好聽，但其實我就是一個犧牲自己也無所謂的人啊。雖然剛開始可能沒這麼想，但我只不過是緊緊抓住對自己有利的想法而已。雖然我都寫出來了，但是心裡還真的很不想承認。不過，事實就是如此。順帶一提，我自己也想被大家認為是一個好人。一定是這樣沒錯。

這些全都是我自己緊緊抓在手裡的東西。自己的利益、價值觀、正義，都是我的「執念」。僧侶不就是要放下這些執念嗎？應該是說，放下我任性的執念。其實，無論我是否為僧侶，執念也不是想放就能放的。

應該是說，或許根本沒有必要放手。不過，比起什麼都不知道，了解自己緊緊握著執念，應該還是會差很多才對吧？

吸引我走入佛教的，是那些為數眾多的疑問。為什麼佛陀的教誨不是要我們朝目標前進？為什麼佛陀的教誨不是要我們拚命學會知識和素養？為什麼考試不用把人刷掉？

教誨要人朝目標前進或許很理所當然。如果佛教的教誨就是要成佛，那目標就是成佛。假設，我們朝著這個目標前進好了。我們用功、修行，不斷前進。甚至超越更早開始修行的前輩。結果會怎麼樣呢？心裡不就會產生「我真棒」的想法嗎？

反之，如果被晚輩超越了呢？這時候就會出現「啊，又不行了」這種自卑感。

這些情緒並不是有意識地出現。而是自然而然萌生的想法。

怎麼樣？如果這是一場「成佛大富翁」遊戲。

被前輩瞧不起、否定自我的瞬間，一切都「回到原點」。而且，你以為是終點的地方，真的是終點嗎？以自己的想法描繪出的成佛樣貌，真的就是這樣嗎？

同理，拚命學習教誨，獲得的不是知識和素養。拚命努力是很棒的事。因為是很棒的事，所以沒人敢加以責備，但是拚命努力到底是為什麼？是為了自己的執念而拚命努力吧？考試不是要把人刷掉也是一樣的道理。把人刷掉或讓人通過考試的基準究竟是什麼呢？其實是主辦人的執念。

沒錯！一切都來自執念。自己的執念，讓自己心生痛苦。而且，因為佛教揭開人生秘密，讓我了解有一個寬廣的世界，連我的執念都能包容。也就是說，自己的執念、利益、算計，最後都會碰到瓶頸。然而，讓自己碰到瓶頸的，就是執念。每一條路都會碰到瓶頸，但是阻礙自己的都是自己的執念。人生一定有路可走。

而且，還有另一件事。我在這本書裡寫到的故事，以及自己因為討厭相親而離家出走這些事，其實不應該這樣對外到處宣揚。說白了，我根本就是家門之恥。這些事情應該要帶進墳墓才對。是說，早就為時已晚。不僅如此，寫這些文字的時候，我想起很多不堪回首的回憶。結果身體很老實地出現反應，手指敲打電腦鍵盤的速度越來越慢。即使如此我仍勉強自己繼續寫，雖然這樣表達不太好，但我真的經常越寫越氣。

那些悲傷、痛苦、難受、憤怒的情緒一定會有，已經發生的事實不會改變，我們也改變不了。然而，過去的一切都很重要。對我來說，那些於我不利的問題也是重要的問題。而且，那些於我不利的事情，只要少了一件就沒有現在的我。人生沒有什麼是徒勞無功的。因為揭開人生的秘密，我才知道這一點。

你的歸處就在「當下」

回到日本已經十年。也就是說，被丟進冬季日本海的狀況已經維持十年。現在怎麼樣呢？成為僧侶之後就幸福快樂了嗎？

說實話，我不知道這樣算不算幸福快樂。這十年之間，我去了舊金山四次。日本的朋友看到我在舊金山的照片時，都說我的表情和在日本的時候完全不一樣，非常有朝氣。連我自己都這麼認為。比起日本，我在美國有更多能夠說真心話的朋友。大家可能會覺得很無聊，也或許會覺得理所當然。但是，看到穿著華麗和服的人，我還是會覺得羨慕。因為我現在已經沒有機會穿那種衣服，大多時候都穿著僧侶的黑色法衣。

你問我會不會想回美國？答案是NO。

二十九歲離家出走到美國，在那裡生活將近十年。我遇到各式各樣的人物。發現自己的自卑、懦弱，也發現自己的堅強、溫柔。

如果我當初沒有去美國，就沒有現在的我。我也不會成為僧侶，更不會繼承寺院。雖然不是刻意想好，但是當初到美國生活，對我來說是一段不可或缺的時間。

而我現在已經有了自己的歸處。明明有一個能夠奉獻的地方，卻因為美國能過得比較輕鬆而回去，這不只是逃避，更是放棄自己的人生，所以答案是NO。

有句話叫做「心身共健」，在經文中「心身」會寫成「身心」（「身心柔軟」，出自《佛說無量壽經》）。這是什麼意思呢？如同「身定心安」一詞所表達的意義，「身」先定才能安「心」。若「身」不定，「心」就會不安穩，總想著「好像是這樣耶」。

朋友也一樣。即使是千金不換的好友，也會因為某個緣故讓我覺得：「沒想到他是這種人，這輩子都不要跟他說話了。」

雖然原本有這種想法，但是那個人出去旅行買了伴手禮給我，我又會輕易改變想法：「話雖如此，那個人還是有優點啊！」

改變的是我看事情的角度。所謂的好人，是對我有利的人。所謂的壞人，是對我不利的人。心會因為我的想法而不斷搖擺。然而，當身體有了歸處之後，心靈也會安定。

我以前沒有歸處。我自己出生成長的地方，把我逼到失聰，所以當時身體沒有一個歸處。我為了追求身體的歸處而去美國。然而，不可思議的是，當初逃走的地方，現在變成我重要的歸處了。

所謂的歸處，並不是一個地點。而是「因為機緣成熟」而讓我想逃走，又「因為機緣成熟」讓我想回來奉獻的地方。這並不是因為努力，才讓這裡變成歸處。

我這樣說，感覺會被罵……不過，我曾經有過這種想法——

「咦？我是僧侶喔？」

大家可能會覺得，事到如今我怎麼還會這樣想。不過，即使回到日本將近十年，我還是對自己是僧侶這件事很驚訝。我現在就處於以前不敢想像的未來之中。

當然，這不是我以前夢想的未來或成果。

所謂的救贖，並非實現自己的願望或者萬事如自己所願。

在美國生活遇到瓶頸時，我好幾次獨自在房間裡哭泣。其實，不是哭泣而已，應該稱為嚎啕大哭。在絕望的深淵，我扭曲著身體放聲大哭。我甚至覺得這個世界沒有神也沒有佛。

然而，現在回想起當時我許的願，就是希望自己的願望實現。我只不過是想要手裡沒有的東西而已。為此，我拚命、堅持、用盡一切努力，但是都無法獲得的時候，我連神佛都咒罵，說世界上沒有神也沒有佛。然而，我許的願最後只是要實現我的願望、滿足慾望。即使當下滿足，慾望還是會接二連三冒出來。

現在我成了僧侶，在老家的寺院擔任住持。我從來沒想過自己會這樣。然而，即使是在從未想過的事情裡，也會有一條路能走，有一條能讓我奉獻的道路。這就是我遇見的救贖。

並非因為我是一個成了僧侶、在大學讀書、自我犧牲回到日本的好人，才能得到救贖。我當初是因為對自己有利才成為僧侶，也是因為想拯救自己才去學習，而且還對自己的救世主態度毫無自覺，這樣糟糕的我，在糟糕的狀態下獲得救贖。這種救贖超越了自我利益之類的狹窄執念。

無論你現在有多麼悲傷、痛苦、艱辛，前方仍然有路可走。一定沒問題的。

❖教訓

離家出走和出家是乍看之下類似但完全不同的概念。相較於在世俗中徬徨的離家出走，出家是脫離世俗概念的行為。

淨土也一樣。一樣的地點，以世俗的價值觀或自我利益為基準的話就是地獄，但只要接觸過超越世俗的世界，情況就會為之一變。又冷又硬的冰，會因為陽光變成水。地獄般的地方，也能搖身一變成為重要的歸處。

結語

二〇一〇年八月十五日，舊金山國際機場。我的手機在出境大廳響了起來。在我回日本前，朋友打來道別。但是，電話響個不停，我沒辦法每一通都接。小小的畫面出現越來越多的訊息。我雖然很在意那些沒有讀的訊息，但登機廣播催促著我的腳步。已經沒有時間了。雖然還有留戀，但我用力關掉手機電源。

接著，我走向登機的通道。透過大片的落地窗，可以看見外面的景色。接下來要搭乘的客機佇立眼前，還有乘載客機的大地。啊，這片土地也承載著我。在美國這片土地上，有很多人支持我，我才能存活到現在。雖然日子並非每天都愉快，也遇到很多艱難的事。我能夠活下來，都是因為那些支持我的人。我從來就不是孤身一人。我鼻頭一熱，流下眼淚。這片廣大的土地以及生活在這裡的人們，接受、支持、培養素昧平生的我。真的很感謝。舊金山的夏季通常多霧，但今天罕見地萬里晴空。

請容我在最後的〈Special Thanks!!〉列出一些名字。說得不好聽一點，這些都是對我有利的人。因為他們都是認同、支持我的人，所以我可以坦率地感謝他們。很遺憾，對我不利的人，我沒辦法感謝。我雖然告訴自己，不能說是因為弟弟才被迫回到日本，但其實我真的沒辦法感謝他。

然而，現在成為僧侶住在京都，的確是託弟弟的福。這就是事實。當我發現這個事實的時候，周圍的人和自己所處的環境、甚至過去都跟著改變了。一切都變成無可取代的重要寶物，開始閃閃發光。人生沒有什麼是徒勞無功的。

接下來的每一步，都會創造未來和過去。來，讓我們踏出那一步吧！

寫於新葉閃耀炫目的京都

英月

Special Thanks!!

淨土真宗本願寺派　前北美開教總長・小杭好臣法師。淨土真宗本願寺派　梅津廣道法師。淨土真宗中心的桑原淨信法師、畑中阿難法師。美國佛教團事務局長的 Michael Endo 法師。

常年擔任「抄經會」幹事的 Nosuke Akiyama、Takeshi Kinoshita。抄經會從舊金山搬遷到柏克萊之後擔任幹事的 S 媽媽 Sumi Hirose 以及 Kiyoe Nakazawa、Mayumi Schroeder、Noriko Shiota Slusser。

提醒一直在找尋並試圖抓緊正確「答案」的我必須永遠抱持「疑問」，讓我停下腳步反思佛陀教誨的大谷大學一樂真教授。

創辦「英月守護會」、為我著想的佛光寺派僧侶。

溫暖接納「為了」信徒回國的我，「為了」大行寺而支持我這個不成熟住持的信眾與父母。

還有幻冬舍的希姊（我懷抱尊敬與親近感而這樣稱呼楊木希女士）。如果沒有她堅定的支援與精準的建議，我根本無法寫完這本書。

還有拿起這本書的你。謝謝你們。

退而不休

不能拋棄自己的驕傲。

即使是「過去的人」，肯定也有能讓自己自豪的立足之地！

內館牧子 著　緋華璃 譯

一直走在菁英路線上的田代壯介，退休後仍滿懷凌雲壯志，有著不服輸、不認老的倔強，好不容易要展開璀璨的第二人生時，卻又發生天翻地覆的改變。日本人氣「退休」小說，討論熟年迎接人生下半場的多種狀況，更深處是談逃脫舒適圈的不安與抗拒，及「找尋容身之處、實現自我價值」過程中的碰撞、掙扎、選擇與體悟。

沒有勇氣的一週

鄭恩淑 著　梁如幸 譯

不管理由和結果是什麼，霸凌是不公平的遊戲。

因為誰也不能主張一個人對多數人的爭鬥是對的。

描寫校園暴力中的孤立與霸凌，更揭露青少年面臨的補習主義、成績至上、親子關係等諸多問題！

被戲稱為「繼承人」的朴勇氣出了車禍，然而這並非是場單純的意外！班導師說了，三位霸凌者正是這起意外的真兇！其中兩位是誰，大家心中自有答案，但怎麼會有第三人？曾經對不起勇氣的事情一一浮現眾人心中。只有一週的時間可以自首，然而坦白就無罪了嗎？

一草一天堂：英格蘭原野的自然觀察

約翰・路易斯・斯坦伯爾 著　羅亞琪 譯

英國最詩意的自然書寫

打開感官，用心體會。徜徉在天地之美中，重拾對於大自然的嚮往與感動。

鄉間草原看似平凡，但四季遞嬗孕育出多采多姿的花草與動物。作者以農夫與作家的雙重身分，在一年的自然筆記中，分享被自然環繞的生活與新奇知識，交織人文地景和自然觀察，除生態知識外，亦深富文化底蘊。這是一本擁抱自然的書，透過作者入微的觀察與細膩的筆觸，看見大自然裡美好與複雜的一面。

長腳的房子

蘇菲・安德森 著　洪毓徽 譯

「即使是死亡，也能啟發我們去擁抱生命。」

十二歲的瑪琳卡夢想擁有平凡的生活：住在普通的房子裡，和普通人做朋友。可偏偏她的祖母是芭芭雅嘎，亡靈的守護者，加上她們住的房子長了一雙雞腳，因此她們總是毫無預警地前往陌生的地方。

為了引導亡靈，瑪琳卡被禁止接觸活人，但她還是偷偷跨越界限。最後，為了彌補藏匿亡靈的過錯，瑪琳卡不得不向芭芭求救。而她必須付出的代價，卻是讓芭芭陪伴賽琳娜通過大門……

瑪琳卡深信著芭芭會回來。滿懷悲傷與自責，她獨自一人踏上尋找芭芭的旅程。究竟前方等著她的，是與家人重聚的喜悅？還是從此倆倆獨行的人生？

遇見虎靈的女孩

泰・凱勒 著　王儀筠 譯

她沒有朋友，她安靜內向、膽小怯弱。但當老虎出現在她眼前，當危險逼近而親人垂危，無畏的靈魂開始翻騰。她決定成為一名追捕虎靈的獵人。

莉莉總覺得自己很膽小，不受重視又不被看見，就像個「隱形女孩」。不過除了隱形之外，她還有一個超能力——她相信故事裡的魔法，她相信這世界上所有的可能性……

在去海莫尼家的路上，莉莉看向窗外，卻意外瞥見一抹橘色——是隻如車子一般巨大的老虎，就像從海莫尼說的韓國民間故事裡走出來一樣。莉莉驚聲尖叫，要媽媽煞車，但奇怪的是，媽媽和姐姐似乎都對老虎視而不見！當床邊故事裡的老虎走入現實，莉莉發現她將面對的是家族的祕密……

如果鎮的許願井

凱斯・卡拉布雷斯 著　沈奕伶 譯

在俄亥俄州的「如果鎮」，工廠接連倒閉，工作機會越來越少，生活越加無以為繼。對鎮民來說，奇蹟和希望只是故事裡的名詞，但他們不知道傳說中的許願井「桑普金井」早已開始悄悄施展它的魔力，知情的只有三個孩子……

恩尼相信做一件好事就能帶來奇蹟，萊恩則認為不該去管別人的閒事，而理性的麗琪早就對奇蹟，或童話，或幸福快樂的結局死心。當三名各有煩憂的孩子在井底傾聽了一個個心願和祕密，不可思議的事件竟開始發生：那些心願居然一一實現，小鎮的命運也隨之改變……

國家圖書館出版品預行編目資料

相親35次,煩到離家出走逃去美國,最後卻變成僧侶回來了!／英月著;涂紋凰譯.——初版一刷.——臺北市：三民，2021
面；　公分.——（Touch）
譯自：お見合い35回にうんざりしてアメリカに家出して僧侶になって帰ってきました。
ISBN 978-957-14-7231-7（平裝）

224.519　　110010641

相親35次，煩到離家出走逃去美國，最後卻變成僧侶回來了！

作者｜英月
譯者｜涂紋凰
責任編輯｜連玉佳
美術編輯｜林佳玉
Illustrations｜Naoko Ueji

發行人｜劉振強
出版者｜三民書局股份有限公司
地址｜臺北市復興北路386號(復北門市)
臺北市重慶南路一段61號(重南門市)
電話｜(02)25006600
網址｜三民網路書店 https://www.sanmin.com.tw

出版日期｜初版一刷 2021年8月
書籍編號｜S860290
ISBN｜978-957-14-7231-7

三民書局